青铜怪人

〔日〕江户川乱步　著

叶荣鼎　译

山东画报出版社

译者序

红极一时的日本动漫《名侦探柯南》的作者漫画家青山刚昌，孩提时代曾是江户川乱步的超级追星族，他笔下的主人公江户川柯南的姓就取自日本推理文学鼻祖江户川乱步，名则取自英国的柯南·道尔。

日本作家历来都有用笔名的传统，江户川乱步本名平井太郎，早年就读于早稻田大学经济学专业，江户川就在早稻田大学旁边。巧合的是，"江户川"的日式英语发音"edogawa（爱多嘎娃）"，与"Edgar a-（埃德加·爱）"的发音极其相似；

"乱步"的日式英语发音"ranpo（兰波）"，与"llan Poe（伦·坡）"的发音又十分相近，故而决定以"江户川乱步"为笔名。从此，这个名字陪他度过了四十年推理文学创作生涯，也成为日本推理文学史上不可逾越的高峰。

1923年，乱步在《新青年》杂志上发表处女作《二钱铜币》，引发轰动。当时的编者按这样写道："我们经常这样说，《新青年》杂志上总有一天将刊登本国作者创作的侦探小说，并且远远高于欧美侦探小说的创作水平。今天，我们终于盼来了这一兴奋时刻。《二钱铜币》果然不负众望，博采外国作品之长，水平遥遥领先于外国名作。我们深信，广大读者看了这篇小说后一定会深以为然，拍案叫绝。作者是谁？是首位登上日本侦探文坛的江户川乱步。"

1925年，乱步发表小说《D坂杀人事件》，成功塑造了日本推理文学史上的第一位名侦探——明智小五郎。其后，他又陆续创作了《怪盗二十面相》《少年侦探团》等脍炙人口的作品，其中的"怪盗二十面相""少年侦探团"等角色已经突破了类型文学的束缚，成为世界文学史上的典型形象，先后多次被搬上各种舞台，改编成各种各样的影视、动漫作品。

第二次世界大战爆发后，江户川乱步因作品被禁止出版，投笔抗议，公开发表《作者的话》："我撰写的小说主要是把侦探、推理、探险、幻想和魔术结合在一起，让读者富有想象力和创造力。人类必须怀有伟大的梦想，经过不断的努力，才会创造出伟大的时代。没有梦想，没有幻想，就没有科学。历史已经证明，科学的进步多取决于天才的幻想和不懈努力。科学进步了，人民才会过上好日子。可是今天的战争，毁掉了科学，毁掉了人民的梦想，日本人民将会被一个不剩地当作炮灰，却还是避免不了失败的结局。"

1947年，日本侦探作家俱乐部成立，乱步被推举为主席。俱乐部在1963年改组为日本推理作家协会，至今仍是日本最权威的推理作家机构。1954年，乱步在六十大寿之际，个人出资100万日元，设立"江户川乱步奖"，用以激励年轻作家。在之后的半个多世纪里，以东野圭吾为代表的一大批优秀的日本推理文学作家通过这个奖项脱颖而出，他们的成绩也使得"江户川乱步奖"成为日本推理文坛最权威的大奖。

1961年，为表彰乱步在推理文学界的杰出贡献，日本政府为其颁发"紫绶褒勋章"（授予学术、艺术、运动领域中贡献卓著的人）。1965年，乱步突发脑出血去世，获赠正五位勋三等瑞宝章。为纪念乱步，名张市建有"江户川乱步纪念碑"与"江户川乱步纪念馆"，丰岛区设有"江户川乱步文学馆"，供日本与世界的爱好者与学者瞻仰和研究。

《江户川乱步全集》作为乱步作品之集大成者，先后出版了多个版本，加印数十次，总印数超过一亿册，迄今已有英、法、德、俄、中五大语种版本问世。衷心希望诸位读者能够通过这一版的中文译本，回望日本推理文学的滥觞，领略一代文学大家的风采。

是为序。

2021年元旦于上海虹桥东华美寓所

目　录

齿轮声响 / 001

魔爪铁指 / 005

怪人升天 / 011

塔上怪物 / 016

怀表失踪 / 022

接受委托 / 029

怪人出现 / 035

奇奇怪怪 / 044

流浪儿别动队 / 050

空中怪人 / 057

小林失踪 / 064

相同怪人 / 071

魔术师 / 076

小怪人 / 081

博物馆 / 087

枯　井 / 093

卧室怪人 / 099

机关失灵 / 106

手渚获救 / 113

橡胶人 / 119

蓄水池 / 123

原形毕露 / 128

青铜怪人 / 136

揭穿骗局 / 141

真面目 / 149

小怪人突变 / 157

最后王牌 / 162

小林落难 / 170

真假明智 / 177

末日来临 / 181

江户川乱步年谱 / 187
译后记 / 201

齿轮声响

　　某个冬日的夜晚，皎洁的月光洒向大地。银座大街附近的派出所门口，没有一丝睡意的警员正炯炯有神地注视着大街上的动静。时针指向次日凌晨一点钟，正是夜深人静的时刻。

　　宽阔的柏油马路上，一改白天车水马龙的喧闹景象，仿佛凄凉的乡间小道。皎洁的月光照射在伸向远方的四条电车钢轨上，一切静悄悄的。

　　偌大的东京，鸦雀无声，万籁俱寂。

　　红色警灯下笔直站着的警员，正警惕地注视着四周。又黑又密的胡子，嘴里不停地呼出白雾般的热气。转眼，热气又被寒冷吞噬。

"咦，那家伙真奇怪！大概是喝醉了吧？"警员自言自语。

闪闪发光的电车铁轨中间，行走着一个成年男子，身着蓝色西装，头戴蓝色呢帽。如此寒冷的天气，穿着却十分单薄。

男子的走路姿势，跌跌撞撞，摇摇晃晃。警员见状，自然把他当作一个醉汉。可仔细瞧了半天，感觉与醉汉不一样。醉汉走起路来是左右摇晃，可这个男子的走路模样像是安装了两条假腿。

男子上半部分脸被帽子遮挡着，模模糊糊的。让人觉得脸色暗黑，酷似梦游患者。尽管下半部分脸尚依稀可辨，可侧面的模样怎么也看不清楚。步伐依然踉踉跄跄。

比起这些，更奇怪的现象莫过于男子的两只手。瞧！手上垂着犹如银须一般的东西。每走一步，银须便晃来晃去。在月光的照射下，仿佛美丽而又耀眼的宝石。

不仅仅两只手，在他蓝色西装的口袋上，也垂挂着银色的东西。整个身体的前后左右，似乎都垂挂着银色的东西，闪烁出银色的光泽。

由于距离较远，警员凭肉眼无法看清楚那些银色的东西究竟是什么。警员猜想，不是一串串银箔，就是一串串镶有玻璃饰物的贝壳。警员没有上前盘问，只觉得这男子神经可能有点不正常。忽然，他吓了一跳。那一串串垂挂在胸前闪亮的东西，既不是银箔也不是贝壳，而是男士用的怀表。两只手上握着许多链子怀表，西装口袋里也塞得满满的。

深更半夜，身上挂满怀表，这男子究竟怎么啦？竟敢在警员跟前不远的地方，装模作样、若无其事地出风头。

警员一边望着，一边沉思。

"他身上肯定是一串串怀表，怪不得嘀嗒嘀嗒响个不停。仿佛齿轮转动的声音，一直传到警员的耳边。声音虽轻，可几十只怀表聚集在一起，不亚于齿轮的声音。

警员听着听着，起了疑虑。那果真是怀表传出的声响吗？自己耳朵听到的声音，不是嘀嗒嘀嗒，而是咔嚓咔嚓，仿佛巨人的咬牙声响，令人不寒而栗。

魔爪铁指

就在警员发现这个可疑人之前，银座大街上发生了一起可怕的盗窃案件。银座白宝堂钟表店，历史悠久，在日本久负盛名。可该钟表店的橱窗里，却发现了行动自如的魔爪铁指。

晚上十点钟，钟表店打烊了。沿街陈列橱窗外面插上了防雨木板。店内除留下值班的，其余人都回家了。由于白宝堂钟表店处在边营业边装修的阶段，故大门正面的防雨木门尚未安装。

就在凌晨时分，沿街橱窗里传出可怕的声响。留在店内值班的少年店员，吓得从床上跳起来赶到店堂窥视。整个店堂内只亮着一盏小灯。他目不转睛地注视声音传出的地方。咦，沿街橱窗里有一个模模糊糊，颜色似蓝非蓝的东西在蠕动。

少年店员被这突如其来发生的一幕吓得连大气也不敢出。呆头呆脑地愣在那里，脚不敢向前挪动一步，两只眼鼓得犹如一对杏核，凝视着那个在不停爬行的东西。

起初，他还觉得有点像大青虫。可仔细一观察，不对！那好像是人手。从手腕到手臂，是蓝色的西装袖子。手腕前端的魔爪铁指，正在大把大把地抓着怀表。看着看着，陈列架上近百个名贵的怀表不见了。

陈列橱窗外侧厚厚的玻璃上，被钻了一个大孔。陈列橱窗外侧的防雨木板，被拆卸得七零八落、歪歪斜斜。刚才的响声，就是盗贼拆卸防雨木板和划玻璃时发出的。

"快来人啊，有盗贼！"少年店员不由得扯开嗓门大喊。

"什么，什么，盗贼在哪里？"

正要起床上厕所的青年店员，被少年的喊叫声惊醒。听说有盗贼，他也大喊起来。刹那间，店堂内充满紧张的氛围。店主和其他值班人员纷纷起床，朝店堂疾跑。有一位头脑灵活的值班店员连忙跑到电话机旁，向当地警署报案；有一位思路敏捷的值班店员，跑向后门招呼隔壁邻居围剿盗贼；还有一位勇敢的值班店员，操起棍棒推开店堂大门冲到人行道上；又有两三位勇敢的值班店员，也操起家伙紧随其后。

大街上，月光照得如同白昼，没有行人，更没有盗贼踪影。

尽管从少年店员第一次大喊到大伙冲出店堂大门，前后过程也需要一点时间。可不管怎么说，即便盗贼跑得再快，顶多也不过一百米的距离。现在盗贼闻风丧胆，很有可能躲在附近的小巷子里。大伙手持器械团团转了半天，连影子也没有见着。

"到底看见什么啦？说得清楚一点。"

一位店员站在破损的玻璃橱窗跟前，一边打量一边对第一个发现情况的少年店员嚷嚷。

"我看得很清楚，盗贼的手指是铁做的，好像机器人的手指。"

少年回答时，心还在怦怦直跳。

"你这家伙一定没有睡醒！机器人的手怎么会模仿人手盗窃怀表呢？"

"我亲眼看见的呀！手指关节部位好像装有铰链，是自由弯曲的。"

"是的，我也亲眼看见了。一开始，我还以为那盗贼手上戴着皮手套。可后来我看清楚了，根本不是什么皮手套，而是像他说的那样，五个手指都可以自由弯曲。"

第二个喊叫的年轻店员证实了少年店员的说法。

他俩身旁站着白宝堂钟表店店主和附近的邻居，共有五六十个人。听完他俩这番回答，大家神色惊慌，面面相觑。还是店主沉得住气，立即命令值班店员："虽已向警署报案，但最好报告附近派出所，让其派人来一下。谁去？"

话音刚落，两位青年店员自告奋勇朝派出所跑去。一个人去，店主不放心，两个人一起去，路上有伴，比较安全。

"奇怪呀，就那么一丁点儿工夫，盗贼能藏到哪里去呢？难道是一个玩隐身术的妖怪？"

"是啊，那家伙不像人！也许他只有一对手腕，没有身体，光靠两只铁手伸进橱窗里盗窃，是个隐身盗贼，靠人的肉眼是发现不了的呀！"

"喂喂，别大惊小怪的！你平日里经常看鬼怪小说，所以乱说一气！你要知道，这儿不是农村，是银座中心的热闹地带！"

"这我明白，可银座中心的热闹地带，深更半夜怎么如此寂静？也许那青虫般的魔爪铁指觉得太寂寞，赶来凑热闹？"

"喂，就要到了！"

他俩一边奔跑，一边气喘吁吁地有说有笑，很快来到派出所门口。站岗的警员嘴里，还在不停地吐着白气。刚才目睹奇怪男子的，就是这个警员。

他俩你一言我一语，向警员报告了商店怀表被盗的始末。警员沉思了片刻，似乎想起了什么，问道："怀表被盗，数量不少吧？"

"是的。沿街橱窗里陈列的高级怀表，全被盗走了。"

"那人身上穿的是蓝色西装吗？"

警员望着铺满月光的银色大街，眼睛明亮起来。他转过脸，凝视着远方。刚才那个身着蓝色西装的男子越走越远了。留给他印象最深的，是齿轮转动时摩擦的响声。

"无论怎么看，这家伙实在可疑。追上去盘问一下。哎，再等一下！"

警员急忙跑到派出所里边，与另一位警员嘀咕了几句，随后跑出来。

"喂，你俩跟我一起去追！"

三个人嘴里不停地呼出白色热气，三步并作两步地在街上奔跑，寂静的大街上顿时响起参差不齐的跑步声。

怪人升天

　　尽管三个人的皮鞋后跟与地面摩擦的响声接连不断，可怪人似乎没有听见，依然不改刚才跌跌撞撞的走路姿势，机械地迈着脚步。

　　眼看追兵与怪人之间的距离只有五十米了，而且怪人身上一串串闪光的东西也清楚地展现在眼前。其中一位店员观察了好几秒钟，突然嚷道："那都是我们店里的怀表。那怪人就是盗贼！"

　　三个人像田径赛场上的运动员，一鼓作气，开始百米冲刺。可怪人似乎没有察觉，眼睛依然直视前方，没有回头的迹象。很快，两者之间的距离缩短到二十米了。

"喂，站住！"警员厉声喝道。

冷不防，怪人咔嚓停住脚步，慢吞吞向后转过脸。脸转过来了，可身体依然朝着原来的方向。

月光把怪人整个脸庞照得一清二楚。

"哎哟！瞧这张脸，无论谁见了，恐怕这一辈子都难以忘掉。"

此刻，警员和两个店员都看傻了眼。

不是人脸，而是青铜颜色的金属脸。虽没有铁那么黑，可与铜像颜色不相上下，就是人们常说的青铜色。

三角形的大鼻子，镰刀形的嘴巴，有眼眶却没有眼珠，而眼眶是两个凹陷的孔穴，黑乎乎的。这模样，就像从坟墓里挖掘出来的骷髅，令人毛骨悚然。

三个人顿感天旋地转，两条腿开始不听使唤，腿部肌肉一个劲地晃动着。

咔嚓，咔嚓，飞入耳朵的声响，不是自己的心跳声，而确实来自怪人体内。即便几十个怀表一起发声，也不可能传出那种令人生畏的声音。怪物体内，竟能产生这般声音。

猛然间，齿轮声轰鸣起来。三个人吓得挤成一团，差一点窒息。不，不是齿轮声，而是另一种全然不同的声音。

咕——金属之间的摩擦声，又好像是怪人的笑声。

一连串笑声结束后，怪物恢复原来的模样。瞬间，它两手两腿宛如四条犬腿，趴在地上行走。虽手上有许多怀表，却丝毫不影响走路。

这究竟是怎么回事？长这么大，还从未听说过人趴在地上行走。这非人非鬼的怪物比野兽还可怕！它爬行的姿势犹如机械一般不太灵活，仿佛发条玩具犬。

怪物爬行时，其脸部侧面被三人看得真切。蓝色呢帽掉在地上，头部和后颈部裸露在外。它没有戴假面具，可怕的脸从前面一直连着后面。耳部直至头发，都是青铜色。头发卷曲得很厉害，手上垂挂着无数珠子。

也许铁制假面具裹着整个头部，外表涂有青铜色。不单单是头部，整个身体都涂有青铜色。

怪物在地上爬行时，响起剧烈的齿轮声。齿轮也不知安装在身体哪个部位，一摩擦就会转动发出声响。

怪物开始趴在行走的地方，正巧在高架轻轨下边。它在高架轻轨下经过，转到对面的电车轨道边上爬行。

无论怪物多么可怕，大家也不能眼睁睁地看着它一逃了事。三个人商讨片刻后，决定继续跟在怪物身后。

当追到一条横巷路口的时候，奇迹发生了！在明亮的月光下，横巷宛如一条白色的小溪向前延伸。空旷的路面上，怪物销声匿迹了。

"奇怪！那怪物明明是在这儿朝横巷里转弯的。"

三个人不约而同地止住脚步，竖起耳朵。可齿轮般的声响，再也听不见了。

电车轨道两旁，一边是鳞次栉比的商店，一边是一望无际的空地。过去，这一带是露天仓库。现在，轨道与空地之间的一长溜屏障被拆得一干二净。没有障碍物，轨道与空地一目了然。

为慎重起见，他们从轨道下到空地上，四处搜寻。这儿根本就没有能藏住一个大男人的隐蔽场所。然而怪物却无声无息地消失了。

三个人分成三路寻找，依然一无所获。长着青铜脑袋和魔爪铁指的怪物不可能变成气体蒸发，更不可能腾云驾雾升入空中。

一位爱开玩笑的年轻店员说，那爬行动物在不远处，仿佛焰火般地晃了一下，随后嗖地腾空，转眼间不见了。

塔上怪物

次日的晚报报道了这则机器人新闻。人们看到这条消息后，众说纷纭，一时间，街头巷尾沸沸扬扬。

那以后的一个月里，怪物曾先后在不同地方出现五六次。被其视为盗窃目标的，几乎都是方圆百里有名的钟表店和钟表收藏家。普通钟表，怪物根本不屑一顾，凡嵌有宝石的高级钟表以及历史悠久的钟表，都先后成为怪物的目标。

盗贼就是那个青铜脸怪物。遇上追捕，怪物便像犬一般爬行。不仅速度令人咋舌，且转眼间烟消云散。迄今为止，警方一次都没有抓住它。

新闻媒体每天滚动播送"怪物新闻"。青铜怪人渐渐变成茶余饭后以及亲友见面时交谈的内容。

"前不久的一个晚上，那个青铜怪物，浑身一丝不挂地出现在街上。"

"嗯，我也听说了。警员开枪射击，子弹碰到怪物身上却弹飞了。"

"那怪物不在乎子弹，犹如战场上的装甲车之类的东西。"

市民们议论纷纷。

"那青铜壳里也许有人，也许没有人。青铜壳里肯定安装了传动机械，要不然行动不会那么敏捷。青铜怪物不时传出齿轮声，许多人亲耳听到的。"

"有人说是自动机器人。可自动机器人目前还没有被发明出来。也许盗贼藏在不远处，遥控青铜怪物？"

"嗯，很有可能。好不容易发明出来的机器人，却成了盗贼的抢劫工具。发明者是一个十足的蠢货！警方应该立即抓住那个发明者，尽快解开机器青铜人的秘密。"

"虽说青铜怪物是金属结构，可坚硬的金属怎么会像云雾一般消失？从理论上分析，根本行不通。我觉得怪物像幽灵，专门盗钟表的幽灵！"

"嗯，我倒认为那怪物是一个食钟表谋求生存的家伙。钟表，是它的主粮。它靠齿轮消化大量钟表，维持生命。否则会没命的。"

甚至有人这么说。可机器人靠吃怀表维持生命，纯属无稽之谈。

自首次发现怪物的一个月后，极其荒唐的事情发生了。曾经有人说，怪物是吞食钟表谋生而盗窃钟表的。可这一回让人惊讶不已的是，青铜怪物竟吞吃了一口大钟。

事情不是发生在东京，而是发生在多摩川上游一带树林中间的旱地里。旱地中间有一个山丘，山丘上竖立着一座奇妙的钟塔。据说钟塔在明治时代，是由一个有名的钟表商出资建造的。整个建筑物墙体由红砖砌筑，古色古香。塔顶宛如一顶尖尖的帽子。

偏僻的场所有一座钟塔，东京人当然不清楚。自从这起意想不到的事件发生后，钟塔一跃成为家喻户晓的名塔。

某个晚上，这座钟塔上的大钟被盗走了。

那是一个狂风呼啸的夜晚，有一对年轻夫妇下榻在钟塔附近的旅馆里。因有事外出，旅馆里只剩下年过七旬的店主、年过半百的老太太和两个男服务生。这天晚上，他们早早关上门窗上床睡觉。等到次日早晨起床时，塔上的大钟不知去向。

直径一米的大钟固定在塔上的钟座里，非常牢固。可一夜之间，成了没有钟的钟塔。

案犯肯定是那个怪物，那个狂食钟表的疯子！不全部盗走世上所有的钟表，怪物是不会收手的。

大钟被盗事件在东京成了号外新闻。紧接着，各种小道消息接踵而至。

"事件发生的两三天前某个黄昏时分，青铜怪人站在钟塔上，朝过路人点头微笑。钟塔附近的年轻人都说亲眼看到了。"

"是真的吗？那些年轻人为什么不对钟塔旅馆

主人说？为什么不向警方报告？"

"向警署和派出所报过案，可警员回答说不可能，还说报案人有可能出现幻觉，纯属胡编乱造。"

"警员说法有一定道理，可那么大的钟怎么会不翼而飞呢？"

"还有一种可怕说法。案件发生的那天深夜里，有人从镇上回家，经过钟塔的时候，发现有一个黑乎乎的东西在地上爬行，动作非常可疑。"

"说不定就是那个机器人吧？"

"嗯，据说还不止一两个，大约十个，模样相同。他们在一个长梯上爬上爬下，动作敏捷。"

"哦，在长梯上？"

"嗯，说到那长梯，也很奇怪！有一辆消防车模样的汽车停在钟塔前，云梯迅速向上延伸，一直伸到钟塔那里。长长的云梯上，好几个机器人爬上爬下。"

街头巷尾的传闻什么都有。尽管这些说法不能令人信服，可塔上大钟被盗是事实。不仅仅是怀表，只要沾点名气的钟表，无论何种形状，青铜怪人都要。甚至连塔上那口大钟，也被神出鬼没地盗走了。

怪物究竟来自何方？到底是人类还是机器人？警方打算展开侦查，却苦于无从下手。

怪物有盗钟怪癖是不容置疑的！明治时代流传下来的钟塔上的大钟，也许怪物早就虎视眈眈，垂涎三尺。

大钟被盗消息传开后，钟表收藏家们开始胆战心惊。担心青铜怪人有朝一日突然从天而降，盗走自己煞费苦心收藏的名贵钟表。

怀表失踪

　　昌一的爸爸叫手渚龙之助，也是心急如焚的人群中的一个。

　　手渚二十多岁的时候，当过五年兵。退役后，回到坐落在东京都港区的老家。妻子体质虚弱，长期卧病在床。漫长的五年里，她盼星星盼月亮，盼丈夫早日退役回家。没有想到，盼来了丈夫，自己却于数日后闭上眼睛步入天国。

　　妻子去世，留下一对儿女昌一和雪子。兄妹俩长得高大，身体十分结实。昌一今年十三岁，雪子今年八岁。

手渚入伍前，家境十分富裕，在附近一带是数一数二的有钱人家。可如今，上代留下的财产所剩无几。唯一留下的是一幢宽敞的别墅。父子三人，加上用人一家，近十来口人生活在一起。用人一家共六口人，因战争迫害寄宿在这里。

在手渚上代留给他的家产中，除房产外还有一件无价之宝，由他本人亲自保管。那是欧洲某国王曾使用过的大型怀表，上面嵌有无数颗宝石和钻石。它既有计时作用，又是高档的工艺美术品。机械性能好，侧面塑料上刻有精致美丽的图案。加之无数颗宝石点缀，即便伸手不见五指的黑夜，仍然璀璨夺目。该怀表被称为"皇帝夜光表"。

手渚自从耳闻目睹有关青铜怪人"下凡"的新闻报道后，一直忧心忡忡，寝食难安。手渚收藏皇帝夜光表，在东京的收藏圈内小有名气。新闻媒体曾长篇报道，还刊登过他的照片。对名贵钟表有极强占有欲的青铜怪人不可能不有所耳闻。

昌一比爸爸还要着急，仿佛热锅上的蚂蚁，整天坐立不安。有一天，他开口问爸爸："爸爸，咱家的夜光表不会遭殃吧？"

"你是在担心青铜怪人？"

爸爸脱口而出，脸上神色慌张。

"别把这事放在心上，肯定平安无事！无论什么样的怪人，不可能触摸到夜光表。我把保险箱放在钢筋混凝土的地窖里。即便闯入地窖，打不开保险柜门也是白搭。要打开地窖门，那是要发出很大响声的。"

手渚若无其事地说，可心却七上八下的。

"真的不要紧吧？青铜怪人可不是一般的小偷哟！他会魔法，如果你在后面撵，他会瞬间变成一缕青烟，升腾到空中消失。即便狭窄的门缝和空隙，他也能钻到里面。"

"那怎么可能！太夸大其词了。干脆一天到晚守候在地窖，就不用担心了。"手渚说。

其实，早在几天前，手渚就已经反复考虑过守卫地窖口的方案。就在父子俩白天谈论最热烈的这天傍晚，可怕的事情发生了。当时，正逢昌一走出院子来到大门口。天空布满彩虹，夕阳无限美丽。

昌一仰望蓝天，心中无限感慨。不知不觉，脚步从大门口移到了院子里。这一奇怪的变化，昌一事后想过，却怎么也搞不明白。也许身边的虫子在向自己通风报信？

手渚家的大院子占地大约三千三百平方米，有假山、水池，院子深处有一片树林。树林未经打扫过，树下堆满了落叶。每走一步，脚下便发出落叶与鞋摩擦的响声……

昌一好像被什么无形的东西牵着似的，两条腿不由自主地朝昏暗而阴凉的树林里走去。

树林里，郁郁葱葱的大树宛如一道道屏障。刚走了几步路，光线陡然暗淡下来。数不清的树枝和茂密的树叶交织在一起，遮挡着天空。他似乎走入了迷宫，走来走去，还是在黑压压的树林里。

他大步走着，耳边回荡着脚踩树叶窸窸窣窣的声响，还听到另一种奇怪声响，好像是贝壳与贝壳摩擦发出的响声。

会不会是虫在叫？可眼下的季节不可能有虫鸣声。不对！好像是人的上下牙齿摩擦发出的声响。

昌一浮想联翩，浑身不由得瑟瑟发抖。

他故意停住脚步仔细辨别，可奇怪的响声依然直飞耳朵。渐渐的，响声越来越大，震得耳膜疼。

哦，是熟悉的咬牙声音。虽听人说过梦中咬牙，可不曾亲耳听到过这种声音。据说青铜怪人的齿轮声响酷似人的咬牙声。

一定是青铜怪人！此刻，怪物肯定躲在某棵树的后面。刚想到这里，昌一差点惊叫起来。他催促自己尽快离开这里，而且越快越好。可两腿一点也不听使唤，喉咙也发不出声音，他似乎成了哑巴。

就在这时，距离他不远的黑暗处，隐隐约约有一个怪物在慢悠悠地蠕动。昌一害怕极了，欲移动视线，可目光直勾勾地停留在那里。无论怎么努力，都无法变动视线的焦点。

怪物从大树背后展现出全貌。可昏暗的树林里，眼前的情景朦朦胧胧。怪物浑身似乎没有一丝布条，都是金属。脸上有一对凹陷的洞穴。洞穴深处射出两道笔直的光束，就是所谓的眼眸。嘴巴呈镰刀形，嘴里宛如黑窟窿。

怪物的身体与媒体的报道相比，要大上好几倍，走路时像机器人那样缓慢。怪物磨磨蹭蹭地朝昌一靠近，齿轮般的咬牙声也随之加大。

昌一震惊了，站着一动不动的。突然，脸色阴沉沉的怪物向前伸出右手。装有铰链的魔爪铁指之间夹着一张白纸，似乎要交给昌一。

昌一身体没有前倾，手没有去接那张白纸。全身上下像一尊石雕，呆呆地站在原地，两腿微微颤抖。

怪物见状，又向前猛跨一步，倾其上半身朝昌一的脑袋上扑去。就在这时候，镰刀形的嘴里发出金属剧烈摩擦的声响。震耳的响声与齿轮声不同。

嘎吱嘎吱，仿佛摩擦发出的响声，怪物好像要对昌一说什么。声音犹如收音机里的噪音。

"明天……晚上……"

也许是喘气的缘故，对方结结巴巴的。昌一耐心地听着，大概意思听明白了。

怪物继续说："取那个夜……夜光……表。"

又是一阵摩擦声音。分成前后的两个半句，怪物重复了一遍又一遍。

片刻后，摩擦声又响了一阵子。怪物向上伸展弯曲的身体，把脸转向相反的方向，慢吞吞地走起路来，渐渐消失了。

怪物递上来的白纸飘在地上。当时，昌一手指僵硬没有去接。

怪物离开后，昌一足足一分钟的时间无法挪动脚步，仿佛被钢钉牢牢钉在地上似的。他使了使劲儿，脚上才勉强有了知觉。他弯下腰拾起那张白纸，撒丫子往家里飞奔。

接受委托

　　第二天上午，千代田区明智侦探事务所里，大侦探明智小五郎与他的助手——少年侦探小林芳雄，正面对面地相互谈论着……

　　欧式大书房里，四周是高高的书架。书架上摆满了书名烫金的精装书。房间正中央是一张三平方米左右的大桌子。桌子周围是刻有古代图案的椅子。

　　明智小五郎坐在椅子上，左手肘支撑在桌上，左手掌支撑着脸，右手的五指像一把梳子，在头顶上梳来梳去。

有苹果般脸蛋的少年侦探小林对先生说："我们少年侦探团里的一名成员对我说了一起最近引起整个社会轰动的事情。可先生却无动于衷，不知为什么？"

少年侦探团由小学高年级学生和初中生组成，小林芳雄是侦探团的团长。

"既然整个东京已经满城风雨，受害人或担心受害的人，会到我这里来的。至于青铜怪人究竟是人还是机器人，我还没有摸清底细。就眼下的种种迹象看，怪物不会立刻金盆洗手。小林，我们已经长时间没有碰到强硬对手了。这一回，我们又可以过一把瘾了。"

明智大侦探嘴上叼着平时最喜欢用的烟嘴，一缕缕淡蓝的烟雾缓缓吐出，脸上堆满了笑意。

"先生，怪物可能是青铜机器人，即便被子弹射中，也无碍行动。可这一类机器人，竟然像烟雾一般消失，究竟何故？我实在难以理解。"

"对这种问题，思考的方法多种多样。不管怎么说，青铜怪人既不是幽灵，也不是火星人。说穿了，是一个人。他暗地里兴风作浪，竟然耍出常人难以想象的花招。邪不压正！不管他手段多么狡猾、隐蔽，最终难逃猎人的眼睛。"

"为了擒获青铜怪人，先应识破其中的奥秘。"

小林与先生说着说着，兴奋起来，苹果般的脸庞红润润的。

"是的。你瞧，马上就会有人来委托我们的。青铜怪人如此名声大噪，很快就会威风扫地。只要我们一出现，怪物就开始走下坡路。青铜怪人发出盗窃告示，意与我们侦探事务所较量。他清楚，接到盗窃预告的人，必定会到我们这里来委托以及商量对策。我已经预感，马上会有人来委托我们。"

明智大侦探说完，目不转睛地注视着窗外的远方。突然，他像一个顽童笑着对小林说："听，门铃响了！客户肯定是为这事来的。"

听先生这么一说，小林赶紧朝大门跑去，随即又精神十足地返回先生书房。

"先生，不出您所料。果然来了一对父子。父亲叫手渚龙之助，儿子叫手渚昌一。昌一说他是我们少年侦探团团员条崎的朋友，来这儿是由条崎介绍的。我已经把他俩请进了会客室。"

明智大侦探与小林一前一后来到会客室，与绅士模样的手渚父子相互寒暄了几句。一阵寒暄后，手渚望着小林说："这位少年侦探就是小林芳雄吧？幸会幸会！我们经常从条崎嘴里听到有关你的故事。今天看到你，果然一表人才！我家的昌一比起你来，大概只小二三岁吧？可在智力上，可得好好向你学习学习！"

昌一点点头，怀着羡慕与尊敬的心情望着小林。小林的脸色又红了起来。

大家坐到椅子上，昌一的爸爸详细叙述了几天来碰到的情况。

"我家中有一只'皇帝夜光怀表'，青铜怪人说今晚来我家取夜光怀表。这书面通知是昌一带回来的。他昨天傍晚在庭子深处的树林里散步，凑巧遇上青铜怪人潜入我家森林，并从怪人手中得到这张书面通知。"

说完，手渚龙之助将那张白纸摊在桌上。

"咦？这字写得歪歪斜斜的。"

明智大侦探把纸拿在手上，观察笔迹。

"哟，乍一看，真不知是字还是画。只有仔细看才能明白。"

"这嗜好钟表的怪物，其意思大概是表达明天晚上到我家盗窃夜光怀表吧？此外，不会有其他意思了吧？"

"他说的明天晚上，其实就是今天晚上。你通知警方了吗？"

"昨天晚上就通知了。警视厅的中村警部与我相识，我对他说了，并说拜见明智先生。我一说到先生大名，警部立即催促我快去拜访您。"

"原来是这么回事。中村和我也相处得很好。手渚先生，问题主要是夜光怀表。请问，你把它放在了哪里？"

"放在保险柜里，保险柜放在钢筋混凝土的储藏室里。"

"呵，放在那么牢固的地方。"

"要盗走夜光表，必须先砸坏钢筋混凝土墙，最后还得砸坏保险柜。不管什么样的魔鬼，再有天大的本领也盗不走。我曾想过，把夜光怀表放在银行地下室保险柜里。可一路上不太安全，还是决定把它藏在储藏室。从昨天晚上开始，警视厅已经派出八九个警员把守着储藏室周围和院子各个要道。盗贼真要盗窃，无疑自投罗网，束手就擒。可话说回来，怪物像魔鬼一般，有时候防不胜防。因此，站岗的警员们特别小心。"

"明白了！我会带小林登门拜访的。去之前，我还要准备一下。无论什么样的魔鬼，天黑之前多半是不会来的。黄昏时分，我会上您家去的，请等着吧。"

得到明智大侦探的答复后，手渚先生与昌一高高兴兴地回家去了。

送走这对父子，小林在明智先生的耳边嘀咕了几句，然后急匆匆出门去了。此刻，屋里只剩下明智大侦探一人。他一屁股坐在电话机前，不停地按动着电话机上的键盘。

怪人出现

　　这天傍晚，手渚家里一共有十一个人。手渚龙之助、昌一、雪子、用人和寄宿在手渚家的平林一家。平林家里，除他与妻子外，还有妻子的妹妹、中学生太一和还没有上学的妹妹。除此以外，还有八个荷枪实弹的警员。傍晚已到，可明智大侦探与小林还没有来。然而，家里除三个小女孩外，其余是大人。无论青铜怪人使什么花招，也绝不会出现在这里。手渚先生脑子里紧绷的弦似乎有点松懈。

　　可怪物从来是目中无人。你以为万无一失，可他却神出鬼没地潜入别墅，趁黄昏前出现。你以为戒备森严，可他却能顺利闯关盗走"猎物"。虽从理论上行不通，可事实屡见不鲜。

突然，厨房里传出女人悲惨的叫声。距离厨房最近的一些人，争先恐后地涌向那里。原来，平林夫人的妹妹仰面倒在地上，口吐白沫。

据说她在浴室前经过的时候，忽然觉得浴室里好像有什么动静，便推门察看，发现光线暗淡的角落里有一尊高大的铜像模样的怪物。

院子里有警员把守，别墅的每个房间里都有人。按理说怪物是不可能躲过众人视线进出浴室的。于是，她害怕起来，神情也随之恍惚起来。紧接着，就仰面倒在地上。

刚过十分钟，这一回轮到昌一和太一与怪物不期而遇。

手渚的别墅，是一幢十分宽敞的建筑。弯弯曲曲的走廊随处可见。其中光线最暗的走廊，当数更衣室门前的走廊。更衣室面积约二十平方米，有好几排更衣橱，三边是墙，一边是纸糊门。即便大白天，室内也是昏暗的。当昌一与太一在更衣室门前的走廊经过的时候，更衣室有一扇门是敞开的。两个人见门敞开，无意识地朝里面张望了一下，猛地察觉屋内有一个人的影子。

"是爸爸吗？"

室内几乎没有光线，昌一看不清楚是谁，便大声问道。原以为那个人会转过身来回答，不料传来咬牙的声音。这熟悉又可怕的声音，昌一至今刻骨铭心。他曾经在树林里听到的就是这种齿轮声响。他张大眼睛仔细打量，那怪物跟前几天在树林里看到的青铜怪人完全一样。

两个少年面面相觑，不敢作声，两条腿不停地打着哆嗦。也不知是谁先拔腿逃窜，两个少年一阵狂奔，拼命朝来的方向飞奔。

正巧平林先生一家住的房间距离更衣室不远。房间里，平林夫妇俩都在房间里。两个少年推开房门，冲了进去，大声喊了起来。

"不得了啦！更衣室里有怪物……"

于是，四个人手牵着手，相互壮着胆，战战兢兢地靠近更衣室。可能是听见两个人一阵狂奔的脚步声，手渚先生和用人从更衣室对面的走廊惊慌失措地朝这儿跑来。在他俩身后，还有两个警员。

"昌一，怎么啦？发现什么了？"

昌一无声地指了一下更衣室那扇敞开的门。他担心一旦说出秘密，也许会招来青铜怪人的报复。爸爸和警员朝门边靠近。两个警员手持短枪，朝昌一指的更衣室前进。黑洞洞的枪口，对准更衣室。忽然，两名警员一前一后冲入更衣室。

昌一的心扑通直跳，两只手赶紧捂住耳朵。也许子弹就要飞出枪口！可过了好几分钟，什么响声也没有。啪！不是枪声，而是开关声音。更衣室里的电灯亮了，警员打开了电灯开关。

借助警员在这里和明亮的灯光，大家蜂拥而入。刚才看到的怪物已经无影无踪。青铜怪人又仿佛烟雾一般悄然溜走了。

"真奇怪！大概你俩看花了眼吧？假如怪物在更衣室里，不可能逃之夭夭。这更衣室只有一个出入口，其他都是墙。墙上没有窗户，而且门对着走廊。再加上我们这么多人在这里，怪物绝对不可能溜之大吉！”

其中一个警员瞪着眼睛紧盯着昌一的脸，充满了怀疑的口气。

“不，我们不会看错！青铜雕像模样的怪物，确实是在更衣室里。”

“是的。我当时和昌一在一起，我也看见了。我们还听到齿轮转动的声音，咕噜咕噜的。”

大人们见他俩都这么说，太一又说得那么肯定，也不得不相信。由于刚才的一番惊吓，大家的脸都像抽筋似的紧绷着。

倘若两个少年的发现是真的，即便用科学观点分析也似乎难以理解。金属怪物居然在一瞬间化作气体消失。看来，怪物是幽灵。

除了不可思议，还是不可思议。可惊吓并非就此结束。刚过一会儿，更恐怖的事情发生了。而且，是当着明智大侦探的面发生的。

当得知怪物已经潜入别墅的事实后，手渚先生越发重视储藏室的保卫工作。储藏室三面，每一面站有两个警员。储藏室出入口的前面是宽阔的走廊，手渚先生特意在走廊上放一张长椅拦在门口。他和平林外加两个警员站在门口。昌一、太一和用人也站在他们周围，观察动静。

别墅内所有的房间灯火通明。走廊和储藏室也亮起了灯。

手渚先生不时地用钥匙打开储藏室门，走到室内查看保险柜上的锁孔是否有开过的痕迹。夜光怀表无疑完好无损地躺在里面。在如此严密的保卫下，不管怪物有多大本领也进不了储藏室。如此看来，青铜怪人的计划就要落空，书面通知等于是一张废纸。大家刚才紧张的心情开始放松，乐滋滋地你看看我，我看看你，等待夜里十点钟的到来。

六点刚过一会儿，明智大侦探与中村警部来到手渚家，小林没有露面。明智大侦探说好了带小林来的，怎么没有兑现？这里面，也许有明智大侦探的另一番用意吧？

手渚先生把他俩引到储藏室门前，请他俩坐在门前的另一张椅子上，详细地叙述傍晚开始所遇到的一系列情况。

"当时，我们多次打电话到先生事务所。可得到的回答是，先生已经出门了。"

"实在对不起，我与中村警部约好一起来的，所以来晚了。那宝物还在地下室吧？"

"是的。刚才我走进储藏室打开保险柜门看过了，没有任何变化。"

"储藏室底下，有没有洞口？"

"没有。我仔细查看过。白天，警员也仔细查看过。"

"照这么说，只要不是超人，是不可能进入储藏室的？"

"是的。可怪物也许是超人？或许是妖怪？刚才，怪物不翼而飞。"

对话结束后，用人端来茶和点心之类的东西。大家一边吃喝，一边聊天。这段时间里，什么情况也没有发生。时间过得很快，离十点钟越来越近。

过了九点，手渚先生开始不安和焦急起来，他时不时地伸出手腕看表，坐立不安。

"明智先生、中村先生，不知怎么搞的，越是这种时候，我心里越是没有底。我想到储藏室里坐在保险柜前，固守到晚上十点钟。储藏室出入口已经布下天罗地网，门是虚掩的，没有上锁。万一储藏室里边有情况，请大家赶快进来！"

虽然大家好言相劝，可手渚先生怎么也按捺不住焦急的心情，大家也不得不让手渚先生独自一人进入储藏室。他进入储藏室后，围着两米高的大保险柜转来转去。

储藏室里，灯火通明。从门口看去，储藏室里的情况一目了然。

"还差五分十点。"

中村警部望了一眼手表，悄悄地对明智大侦探耳语了几句。如此戒备森严的防守，大家都觉得不可能发生意外。可毕竟十点还没有到，最后时刻不能有任何思想上的麻痹。储藏室门前，大家依然保持高度警惕。

手渚先生仍然在大保险柜周围踱着方步，一刻不停地注视着大保险柜的动静。当他转到大保险柜后面，就在自己的身影被保险柜遮挡的一刹那，传来哇的一声大叫。紧接着,一道可怕的闪光以迅雷不及掩耳的速度,在人们眼前一闪而过。保险柜背后是摇摇晃晃的手渚先生,背后有一个庞大的怪物摁住他的身体。

咦?青铜怪人是什么时候钻到储藏室里的?咕噜咕噜……传来熟悉又可怕的齿轮声响。黑洞洞的两只大眼睛,镰刀形的黑窟窿嘴巴。怪物准时出现在大侦探明智小五郎的眼前。

奇奇怪怪

　　最先冲入储藏室的是明智大侦探。他伸出手，欲降下警方预先埋设在储藏室顶上的绳网。

　　就在这时，传来激烈的声响。储藏室里一片漆黑，好像青铜怪人打碎了亮着的灯泡。

　　走廊上灯火虽依然通明，可难以照亮伸手不见五指的储藏室。黑暗中，怪物和手渚先生究竟在干什么？谁也不知道。

　　明智大侦探迅速从口袋里取出手电筒，打开开关后奋不顾身地冲到储藏室里面。中村警部也紧随其后。

可手电筒灯光的光束毕竟很细，很难照亮整个储藏室。不知是哪个角落里，传出怪物与手渚先生扭打在一起的声响。可究竟是哪个角落？手电筒灯光始终照不到那里。

忽然，保险柜旁传来有人倒地的声响。明智大侦探一个箭步冲过去，用手电筒灯光对准那里。不好！只见手渚先生仰面倒在地上。他欲借助手电灯光，挣扎着从地上爬起来。

就在中村警部伸出手搀扶手渚先生的时候，明智的手电筒灯光照亮了保险柜正面。

"不好！保险柜……"

被搀扶起来的手渚先生大声嚷道。

果然，保险柜门大开，放有宝物的抽屉也敞开着，手渚先生紧靠在保险柜的抽屉旁边。

"夜光怀表被盗走了！"

呵，怪物没有食言，在约定的时间里，顺利盗走了那只夜光怀表。可怪物逃离现场时，到底选择了哪一个出口？储藏室的唯一出入口，门前走廊灯火通明，在众目睽睽之下，怪物不可能从储藏室门口逃之夭夭。窗户上皆装有铁栅栏。由此看来，怪物很可能还在储藏室里。也就是说，怪物已经是瓮中之鳖。

听到储藏室门前走廊上人声嘈杂，昌一和用人也赶来凑热闹看个究竟。两名警员和平林也随后赶到。

明智大侦探一听说保险柜已被打开，立即跑到出入口那里大声喊道。

"平林，快来储藏室扶一下手渚先生！用人快去把新灯泡拿来换上！再增加两名警员，将储藏室每一个角落仔细搜索一下！其他人到门内侧堵住门口。如果有可疑人出去，请大声喊我！"

平林和两名警员径直闯入储藏室，用人也气喘吁吁地拿来新灯泡，大家全部来到门口内侧。大侦探上前关上出入口纱门，警惕地注视着仓库每个角落。

中村警部从用人手里接过新灯泡，迅速装好。啪！储藏室里亮了。平林怀抱着手渚先生，站在墙边。手渚先生的额头上正在渗血，伤势不重。

中村警部走到窗前，隔着防盗窗招呼门外走廊上站岗的警员。

"外面有异常情况吗？"

"没有。"

"你们要严密注视窗户以及屋顶，一发现怪物，立即鸣哨。"

院子里亮着路灯，六名警员拿着手电筒正严密注视着。

在灯光照射下，储藏室里的大搜索开始了。警员们一连搜索了好几遍，连怪物影子也没有见着。中村警部、用人、平林先生以及刚苏醒的手渚先生，一起加入搜查行列，查找怪物有可能藏身的地方。

储藏室里放有装衣服的大箱子、大衣橱和其他一些家具。箱盖和橱门，被逐个打开查看。只要有可能藏人的地方，大家都无一漏网地展开搜查。可结果依然一无所获。根据手渚先生介绍，储藏室下边没有地道。

在地毯式搜查的时候，明智大侦探一步也没有离开出入口纱门内侧。密切注视着整个房间。他站在门口，防止怪物伺机溜走。

一个多小时过去了，众人仍毫无收获。外边站岗的警员们说，他们监视的窗户、墙和屋顶，连一只老鼠也没有发现。再看储藏室整个地面，地板上没有丝毫被移动过的痕迹。再说地板下的深度，也无法藏身。也就是说，储藏室呈封闭状态。而那个庞大的青铜怪人，却从铁桶般的储藏室里消失了。

这，究竟该如何解释？那个袭击手渚先生的庞然大物，在场的人都看见了，可转眼间神奇般地化为乌有。

手渚大家庭中的每个成员，加上中村警部和警员都道不出所以然。大家神情沮丧，默默无语。

再看大侦探明智小五郎，也似乎一筹莫展，坐在储藏室门口走廊的椅子上，右手插在头发里不停地来回梳着。

这是明智大侦探的习惯动作。一旦恍然大悟或妙计形成的时候，他那只右手便成了一把梳子。眼下，青铜怪人在密室里失踪之谜，明智大侦探似乎已经胸有成竹。

按照他侦查案件的原则，在没有掌握确凿证据之前，不愿意发表大概、也许和可能之类的意见。

那天晚上，中村警部喃喃地说："对于这起案件，明智大侦探也感到有点棘手。"

明智大侦探听后，笑而不语。

流浪儿别动队

　　在夜光怀表被盗那天傍晚，夜幕降临下的上野公园里，一个少年头戴鸭舌帽，肥大的灯芯绒衣服上沾满了污垢。此刻，他正不停地吹着口哨。

　　尽管外表像流浪少年，可两腮红扑扑的。再仔细瞧这张脸，好像在哪儿见过。噢，想起来了，是小林芳雄，少年侦探团的团长，明智大侦探的少年助手。尽管着装与平时不一样，可他叫小林芳雄是错不了的。

　　小林没有随明智大侦探一同到手渚家，却化装成流浪儿待在公园里玩耍。他，究竟想干什么？

他吹了一会儿口哨，可能是什么信号？果然，对面树林里蹿出一个比小林小两三岁的男孩，朝小林身边飞奔而来。他身上穿的衣服比小林的还要脏。头发乱蓬蓬的，脸色黑乎乎的。

"喂，小林哥，好像有事要我们做吧？"

男孩凑到小林跟前，仰起脸蛋问道。

"嗯，我今天有事要同你们商量，你快去集合队伍！"

小林与流浪男孩十分友好，亲热地说。

男孩点点头，转过身一阵飞奔，不见了。

十分钟过后，他又出现在小林跟前。身后站着一大群穿着同样沾有污垢衣服的流浪儿，有十五六个孩子。

"听好了，各位！请大家围着我站成一圈！"

孩子们按照小林的命令，迅速围成一圈。在这些流浪儿中间，小林还挺有威信的。

小林喊了一声稍息的口令，开始进行令他们不可思议的演讲。

"大家好！今天，我跟大家聊聊。你们听从师傅命令，专门捡烟头，拾破烂。按理说，干这些也就算了。可除此之外，你们还经常行窃。我再重申一遍，别在我面前装糊涂！你们每个人的所作所为，我都清楚。可话说回来，大家也并非喜欢行窃，而是出于生活所迫。因为你们被父母遗弃，没有钱买饭吃。但是，不管怎么说，这样下去是不能长久的！为了改变你们，我打算同大家商量，希望你们都参加我们的少年侦探团。"

"少年侦探团？那是干什么的？"

流浪儿们纷纷提问。

"请大家静一静！我向各位解释。你们知不知道东京有一位大侦探叫明智小五郎？"

"什么明智？我不知道。"

"嗯，我知道，听我三哥提起过，说他是一个了不起的大侦探！"

流浪儿中间，知道明智大侦探的，大约有五个孩子。

"好，我清楚了。他是一个令盗贼闻风丧胆的私立侦探！告诉各位，我就是他的弟子、助手。我是少年侦探团团长，少年侦探团由小学高年级学生和中学生组成。为把社会上干坏事的人抓得一个不剩，我们少年侦探团做些力所能及的事情，协助明智大侦探和警方破案。

我再提一个问题，大家知道有一个叫青铜怪人的坏蛋吧？"

"知道。"

这些流浪在外的小乞丐，一个个举起右手，像课堂里的学生那样嚷着发言，都知道青铜怪人。自从那怪物被新闻媒介披露后，在长达一个多月的时间里，报上经常出现传闻，弄得满城风雨，人心惶惶。

"坏人就是那个青铜怪人。你们怕不怕？"

"有什么可怕的，我还同他说过话呢！"

流浪儿有个习惯，人人爱说谎吹牛。可与一般孩子不同的是，他们不惧怕青铜怪人。

"按理说，抓坏人应该是我们少年侦探团分内的事。可这次的侦查对象，是专门在夜晚干坏事的家伙。让少年侦探团学生夜里不睡觉去侦查，就会影响白天的学习。明智大侦探一再叮嘱我，不能让学生参加。

　　"按理说，我也不应该让你们夜里去冒这个险。可你们个个勇敢，不怕青铜怪人。经过慎重考虑，我决定把这个侦查任务委托你们去干。在执行侦查任务之前，有一件事要同你们商量，求得你们谅解。

　　"现在，你们还不是少年侦探团的正式团员。像你们目前这身打扮和这种状况，如果批准你们加入，其他团员可能不会同意。为此，我决定成立少年侦探团的外围组织，取名'流浪儿别动队'。今天，就是少年侦探团流浪儿别动队的成立大会。"

　　"流浪儿别动队，这名字不好听，最好取一个好听一点的名称。"

　　有两三个流浪儿提出异议。

　　"大家知道吧，英国有一个私立大侦探，叫福尔摩斯。在这个伟大的侦探周围有许多像你们这样的助手。其中，还有许多流浪汉助手。在他们的协助下，那些危害社会的坏蛋们一个个落入法网。在英国，像你们这样的侦探助手队伍，取名'贝克街小分队'。这支队伍立下汗马功劳，闻名于世，受到社会上很高的评价。因此，流浪儿别动队不是一个坏名称。"

由于说得在理，也就没有人提出反对意见。但是，不知道他们是否真心接受这个称号。

"现在，我详细说一下今天晚上的侦查任务。今天晚上十点钟，青铜怪人会潜入某幢别墅盗窃宝物。你们各自隐蔽在那幢别墅附近，一发现怪物踪影，就立即上前跟踪。跟踪的时候，两三个队员就够了，主要是找到青铜怪人的大本营。只要找到贼窝，任务就等于完成了。接下来只要通知警方，青铜怪人就被一举擒获。怎么样？这任务不错吧？既惊险又刺激，我跟你们一起埋伏在别墅周围。只要你们能协助找到贼窝，我就可请求明智先生，建议改变你们今后的人生道路。他只要一点头，你们今后就不必靠捡烟头、小偷小摸谋生。并且，你们还可到学校读书去。"

流浪儿别动队的队员们向来嗜好冒险。尤其跟踪盯梢，是他们的拿手好戏。如果换作大人尾随跟踪，很容易被察觉。而十二三岁的流浪儿跟踪，丝毫不会引起注意。再说他们个个身材瘦小，人人行动敏捷。

根据小林团长的决定，十六个流浪儿组成了流浪儿别动队。

小林为大家买了车票，把别动队分成五个小组，分乘五个班次的电车赶到目的地，以遮人耳目，避免打草惊蛇。在规定的时间里，五个小组先后到达港区手渚先生的别墅附近。

这些流浪儿，人人有过行窃的前科。故而，他们习惯于乔装打扮，伪装自己。即便小林不发出任何指挥信号，他们也会三三两两地在别墅周围一边玩耍，一边观察周围动静。在整个侦查过程中，他们不会暴露自己的身份。

晚上八点刚过，还有两个小时。这些流浪儿在寒风凛冽的路边执行任务，其艰辛程度可想而知。他们一边捡着废品，一边在刺骨的寒风里注视着周围，等待青铜怪人的到来。

空中怪人

　　小林和两个流浪儿在一起，埋伏在手渚先生别墅后面最偏僻的地方。灌木丛里有一张破草席，可挡不住地上的潮气。呼啸的寒风直往领子和袖子里灌，一刻也不停。三人冻得抱成一团，一边相互取暖一边观察。

　　十点过去了，别墅周围没有青铜怪人的踪影。如果怪物守约，理应还在储藏室里。

　　此刻，明智先生已经抓住那个怪物了吧？如果抓住了，先生应该向我们发出信号。可过去这么多时间了，还是没有信号。看来，也许怪物已逃走？

或许那封信仅仅吓唬众人而已？

就在这时候，距离小林埋伏地点十米左右的别墅围墙外侧，出现一个大人的影子。

"啊，是那个怪物！"

小林不由得抱紧站在他左右两边的两个流浪儿的肩膀。

没有月亮的夜晚，漆黑一片。可由于别墅里灯火通明，别墅周围犹如白昼。故而，盗贼的影子特别显眼。黑影的装束非常奇怪，身披黑色且肥大的风衣，高高竖起的领子遮住了脸的下半部分。鸭舌帽檐，一直遮到眉毛与眼睛之间。如果正常打扮，帽檐下边的大半边脸，应该是亮色。可这家伙的脸，比非洲人的肤色还要黑。怪物迈开步子，朝别墅对面的人行道走去。那走路姿势仿佛机器人，十分笨拙。并且传来机械齿轮转动的声音，咕噜咕噜……

小林向身旁两个队员发出信号后，自己率先站起来，开始跟踪。他蹑手蹑脚，尽量不让怪物察觉。两个流浪儿毫不胆怯，猫着腰跟在小林身后，踮起脚尖。

走了一会儿，来到一片焚烧过的野地。这里到处是残缺不全的围墙，给人以偏僻、空旷、凄凉的感觉。远处是工厂废墟，正中央矗立着一座高耸入云的混凝土烟囱。

怪物丝毫没有察觉背后有人盯梢，依然一边发出奇怪的响声，一边朝前走着。脚步虽大，可速度缓慢。突然，咕噜咕噜的响声由强转弱，转眼间弱得悄声无息。猛然间，咕噜咕噜的响声由弱转强，瞬间剧烈起来，犹如歇斯底里的摇滚乐，仿佛怪物暴跳如雷，在大发脾气。

小林他们三人小心翼翼地跟在怪物后面，担心弄出响声让怪物察觉。嘎！毛骨悚然的齿轮声响，险些震聋他们的耳朵。三人连忙屏住呼吸，幸亏怪物没有转过身来，而是径直朝前走着。

那座矗立在空中的烟囱，渐渐粗壮高大起来。怪物一步步接近那座烟囱。

终于，怪物走到烟囱脚下。那里，有一座用新砖砌筑的锅炉房，没有屋顶，四周的墙上尽是窟窿。有的墙只剩一半的高度。不过，破烂不堪的围墙中间还能凑合，算得上一个"临时驿站"。怪物没有半点犹豫，径直朝围墙里走进去。

"哎，好奇怪呀！那下边大概有地下室吧？说不定是怪物的老巢？"

小林趴在远处观望，尽量让视线进入破墙内。可夜幕笼罩，两眼一抹黑。怪物或许钻到了地底下？或许坐在石头台阶上？总之，怪物可能在休息？小林他们观察了半晌，虽天色很黑，但模糊的视线里似乎没有怪物晃动的感觉，推断怪物不会立即离开这里。

小林琢磨了片刻，眼下正是捕获罪犯的最佳时机。他决定趁这工夫返回手渚先生的家，向明智先生和警方报告。只要警方将这一带团团围住，怪物就是囊中之物。他吩咐两个流浪儿继续严密监视，倘若怪物离开这里，一定要尾随跟踪到底。跟踪时，别忘了一路上留下记号。说完，小林大步流星地朝手渚家跑去，消失在浓浓的夜幕之中。

十分钟过去了，二十分钟过去了。两个流浪儿紧张得像怀里揣着兔子，担心它随时就要逃走似的。他俩瞪大眼睛，竖起耳朵，注视着周围的动静，连呼吸也尽可能做到没有响声。也不知什么缘故，怪物依然待在原来的地方，没有转移的迹象。怪物可能在思考什么？

须臾，漆黑的围墙周围涌动着许多人影。警员们正从四面八方向"临时驿站"靠近。

"喂，警员们来喽！你们流浪儿别动队也被我带来了！"

小林来到正在监视怪物的两个流浪儿身边，轻声地说。霎时，小林身后出现了十几个活泼可爱的脸蛋。没有人发出声音，只是一个劲地相互点头打着招呼。

顷刻，警员们把"临时驿站"围得水泄不通。突然，冲锋哨声剧烈响起，划破了宁静的夜空。几十支大型手电灯光，一齐射向目标。紧接着，枪声四起。

警员们接到上级命令，不允许瞄准怪物射击。故此，朝天鸣枪，以吓唬怪物。

在众多大型手电灯光的照射下，青铜怪物猛地站起身来。随之，体内发出咔咔的金属摩擦声，震撼着废墟堆的上空。怪物似乎不懂语言，用金属摩擦声响代替人类的大喊大叫。青铜怪人镰刀形的嘴巴上下翻动，一对凹陷的眼眶里闪射出两道可怕的光束。怪物扭动着巨大的身躯，开始反击。

警员们发现青铜怪物身材高大长相可怕，不由得惊叫起来，拼命地朝天鸣枪。顿时，火光飞舞，映红了天空。

怪物朝包围圈猛走了几步，又停住了。怪物环视一下周围，突然侧身朝烟囱脚下靠近。也许四面八方的灯光和激烈的枪声提醒了怪物，突围已经没有指望。怪物走到烟囱边上，把两只魔爪铁指搭在烟囱表面的金属维修梯上，从容不迫地攀登。

怪物即便攀到顶上，也是死路一条。烟囱周围，是里三层外三层的包围圈，突围比上天还难。除非爬到烟囱顶上变成风筝，飞向太空。

怪物犹如爬树的猴子。途中，怪物既不停下休息也不往下看。遗憾的是，警员们的手电筒灯光只能照到烟囱的一半高度。黑影究竟在烟囱的哪个位置也已朦朦胧胧。

　　黑影越来越小，在人们的感觉里宛如黄豆那么一丁点儿。终于，怪物爬到了烟囱顶端。忽然，遥远的高空传来一连串金属摩擦声响。这令人恶心的响声，似乎在讽刺和嘲笑仰望烟囱的人们。

小林失踪

　　一个小时过去了，烟囱周围热闹起来，简直像火灾现场一般。中村警部联系附近的消防局，请求支援消防车。几分钟过后，消防车呼啸而至。消防车顶上的小型探照灯接通附近的电源后，灯光朝烟囱顶上射去。

　　青铜怪人没有逃向天空，而是坐在烟囱顶上，一边呼呼啦啦地摇晃两条金属腿，一边举起两手与头顶一般高，手心向前，仿佛怀抱一个大气球似的。那可怕而又滑稽的举止，让在场的人不由得全身鼓起了鸡皮疙瘩。

在灯光的照射下，警员开始沿着烟囱表层的维修铁梯向上攀登。在烟囱顶上捕获怪物，可能性似乎不大。烟囱顶上不仅难以立足，而且也没有抓手。再说怪物到底有多大力气，谁也不清楚。万一有个闪失，后果不堪设想。于是，中村警部请求消防车驾驶员使用高压水枪朝烟囱顶上喷射。怪物倘若受不了水枪冲击，自然会爬下烟囱受降。这种不战而降的办法，是捕获青铜怪人的上上策。然而事与愿违，无论高压水柱的冲击力如何猛烈，怪物岿然不动，没有半点逃走的迹象。相反，怪物不停地手舞足蹈，以示嘲笑警方无能。

青铜怪物的生存可能不依赖呼吸，高压水枪的喷射难以对它构成致命的威慑力。在高压水枪的冲击下，怪物开始前后左右摇晃起来。摇晃的频率不断加剧。怪物眼看就要从烟囱顶上摔向地面。突然，烟囱顶上摇晃的影子不见了。大家屏住呼吸，跟着搜索的探照灯的光束在黑暗中寻找怪物踪迹。咦，怎么怪物消失了？不好！怪物在直线下降，向地面坠落！

"哇——"大家不约而同地嚷了起来。

就在这时候，黑压压的工厂废墟上空，情况突变。

当时，小林与流浪儿别动队站在后边，与第一线的警员们保持着相当一段距离。他与大家一样，高高仰起脖子，密切注视着烟囱顶上的怪物动静。

当怪物摔向地面时，小林招呼队员们快速上前，协助警方捉拿。正当他率先跨出第一步时，忽然感到黑云般的东西朝脑门上压来。顿时，只觉得眼前一片漆黑栽倒在地上。紧接着，整个身躯轻轻飘向空中，向着无边无际的宇宙飞去。也不知过了多久，方向突然改变，开始下降，仿佛坠入万丈深渊。刹那间，小林不省人事，全身失去知觉。

当时，大家的注意力集中在怪物的坠落地点，加之天黑，什么也看不清楚。小林究竟怎么啦？谁都没有察觉。

也就在这时，小林失踪了。

正当人们在黑暗里搜寻青铜怪物的时候，烟囱下面传出一声巨响。警员们一齐朝声音传出的方向拥去。只见怪物四脚朝天，已经一命呜呼。令让人费解的是，手脚折断，肚子裂开，却不见一滴血。从腹腔裂口蹦出的，不是大肠，也不是小肠，而是不计其数的大小齿轮。

果然，怪物体内安装着传动机械，是一个机器人。

虽说是机器人，可转动齿轮的动力到底是什么呢？光发条带来的动力，是不可能转动庞然大物的。如果依靠电力，光蓄电池是难以产生巨大动力的。那么，发明这种青铜怪物的人究竟是谁呢？中村警部站在青铜怪物的尸体旁边，用脚不时翻动怪物的肩膀，可无论怎样翻动，机器人仿佛已经失去知觉，命归黄泉。

"街头巷尾传说的青铜怪物就这么个东西？"

看到撒在一地大大小小乱七八糟的齿轮，大家难以相信青铜怪人就是这般模样。一想起这堆齿轮曾经骇人听闻的所作所为，并烟雾般消失，人们不免恐慌不安起来。

大家站在死去的怪物旁边，心慌意乱，目瞪口呆，一时不知说什么才好。

这时候，明智大侦探出现了，人群自觉让出一条路。明智大侦探一声不吭地走到怪物尸体旁边，蹲在地上仔细察看。

"咦，这是什么？"

明智大侦探自言自语。他提起怪物右手。那装有铰链的五个青铜色铁指紧紧捏在一起，手里握有一张白纸。

明智大侦探轻轻从怪物手掌里取下那张纸，放在膝盖上摊平，借助周围的灯光看了起来。

"呵，果然是一封信。想说什么？"

纸上写的字，似画非画，似字非字，形状奇怪。

"复仇。"

就两个字，青铜怪物要"复仇"！究竟找谁复仇？

这具已经变成废墟的怪物，为何要复仇？其复仇的理由是什么？怪物外表酷似妖怪，即便成了一堆废铜烂铁，也许灵魂还活着。其活着的灵魂里，也许藏有不可告人的目的？！

经过现场论证，大家决定将机器人尸体送交警视厅理化学研究室调查分析，警员和消防队各自返回。猛然间，明智大侦探想起小林。他环视周围，没有发现小林那张熟悉的脸。

流浪儿别动队的全体队员，因刚才目睹了可怕一幕，吓得惊慌失措，围成一团。大伙紧紧挤在一起，相互壮胆。明智大侦探向他们打听是否看见了小林团长，其中一个流浪儿说了一件奇怪的事情。

"真奇怪！我到现在还想不明白！起初，小林团长一直站在我身边。突然传来呼的一声，我顿感眼前昏昏沉沉，大脑恍恍惚惚。瞬间，什么也看不清楚了。等到眼睛能看清楚的时候，小林团长已经不知去向。我到处搜寻，就是见不着小林团长的身影。"

流浪儿虽说得不怎么详细，可小林下落不明已成事实。大家分头寻找，找遍废墟的每个角落，依然没有发现小林团长的踪影。第二天来临，小林仍然没有露面。

到底怎么回事？青铜怪物看似一堆僵尸，而事实上还活着。要不然，小林团长怎么会无影无踪呢？青铜怪物在纸上写"复仇"两字，这种复仇形式人们从未见过，也无法理解。

　　眼下，小林究竟去了哪里？是否还活着？明智大侦探、中村警部、警员们以及流浪儿别动队全体队员，焦急地关注着小林团长的命运。

相同怪人

青铜怪物尽管已经不复存在，但这一事件的发生，轰动了整个东京。怪物虽死，可灵魂一定还在，幽灵般地隐藏在某个阴暗的角落。只要时机成熟，青铜怪人必定东山再起，卷土重来，伺机复仇。

时下，青铜怪人的复仇对象是明智大侦探的助手小林。

那天夜里，怪物趁烟囱下面一片喧哗之际，将一块漆黑的布罩住了小林。刹那间，小林浑身麻木，失去知觉。

也不知过了多久，小林睁开眼睛，如梦初醒。

房间的墙上呈现出一道紫红色光束的影子，小林疑惑不解。从哪里来的光呀？视线顺着光线射出的方向缓缓移动，呵！明白了。原来，天花板上悬挂着一根细细的铁链。铁链末端的吊钩上，挂着一盏形状奇怪的油灯。

小林环视一下房间的周围，心生疑窦。像这样的房间布置，小林还是头一回看到。四面的墙仿佛河边的堤坝。天花板由好多大圆木交织在一起。地上铺设着许多大石板。大石板上既没有铺设地板，也没有铺设榻榻米。房间内唯一的家具，便是那张大床。从失去知觉到现在苏醒，小林一直睡在这张大床上面。

"这是什么地方呀？我怎么会来到这里？"

小林开始回忆。那天晚上，正当青铜怪物从烟囱顶上坠落的时候，自己也瞪大眼睛目不转睛地注视着。自己刚向前猛跨一步，一块又大又黑的网罩模样的黑布朝自己头上压来。霎时，只觉得眼前发黑，便不省人事。等到醒来的时候，才察觉自己躺在这里。是谁救自己的呢？屋子的主人是谁？

小林打算下床散散步，不料手脚不听使唤，全身不能自由动弹，仿佛浑身上下被绑在床上似的。他使尽全身力气，一遍一遍地试着爬起来。终于，摇摇晃晃地站了起来。刚走两三步，两条腿不由自主地颤抖起来。

啊！他大叫一声。原来，在他眼前出现了一个可怕的情景。

在房间的正面墙上，有一个窗户。隔着窗户，可以看见对面的房间。对面的窗台那里，站着一个面貌非常丑陋的怪物。它，就是人们经常谈论的青铜怪人！

从烟囱顶上坠落，摔死在地面的怪物，竟然死而复生！小林揉了一下眼睛，以为自己在做梦。

怪物与小林一样，相互对视，既不说话，也没有任何表情。怪物斜着脑袋，似乎在酝酿什么大事。小林一察觉青铜怪物，耳边又自然而然地响起曾听见过的咕噜咕噜齿轮的声响。不可思议的是，讨厌的齿轮声似乎不是出自怪物的口中，而是出自怪物的肚子里。

怪物的视线一直注视着小林。小林试着朝前走一步，谁知怪物也模仿小林走路的模样，朝前跨一步。小林做了一下手势，怪物也做一下手势。小林歪一下脑袋，怪物也歪一下脑袋。

咦，真奇怪！这家伙为什么要模仿自己？

这时，小林的脑海里，掠过一个奇怪的想法。事实上，也是不合逻辑的一种无聊想法。他打算试探一下怪物的反应，便朝窗口大步靠近。可怪物也同样大步朝自己走来。眼看少年侦探和青铜怪人的两个脸蛋就要在窗台碰撞。小林猛然停住脚步，犹豫了好一阵子。最终，小林还是横下一条心，伸出右手抓对方的脸。哎呀！原来是一块冰凉的玻璃镜子。小林伸出的那只右手，猛地捣在那块厚厚的玻璃镜子上，发出咚的响声。

忽然间，小林感到从头到脚仿佛被浇了一大盆凉水，禁不住打了一个寒颤。

从对面朝自己走来的，不是青铜怪人，而是小林自己。那不是窗户，也不是透明玻璃，而是一面大镜子。镜子挂在墙上，出现在镜子里的小林却与青铜怪物一模一样。究竟怎么回事？小林一夜之间变成了青铜怪人的复制品。

小林不由得望了一眼自己，愤怒地举起两只拳头挥来挥去。不光镜子里映照出来的模样是青铜怪人，就连自己也不知什么时候变成了可恶的青铜怪人。

刚才下床的时候，就好像觉得自己身上怎么会发出响声。原来是这个缘故！自己原先柔软的身体，也不知不觉地变成了盔甲一般。

小林用两只手抚摸一下自己的脸，再抚摸一下自己的头发。可脸上和头上都发出咔嚓的金属摩擦声。小林被怪物使用了妖术，变成了青铜怪人。

"啊哈哈哈……"

突然，小林身后传来阴阳怪气的狂笑声。

小林猛地转过脸。咦，身后怎么站着另一种打扮的怪物？

魔术师

怪物，不是青铜怪人，却像魔术师，白白的脸庞，红红的嘴巴。此刻，怪物正大声笑着。

身着红白相间的肥大睡衣，脸上仿佛抹了一层厚厚的化妆粉，两边脸颊的中间，涂着两个红色的实心圆圈，两片嘴唇也涂上了红红的唇膏，头上戴了一顶红白相间的尖顶帽。

面对着接踵而来的怪事，小林用迷惑的眼神打量着眼前的这位魔术师。顿时，怪物止住了笑声，张开嘴巴说道："小乞丐侦探，让你受惊了！喂，你在想什么呀？你知道，这里是什么地方吗？告诉你吧，这里是地底下的青铜怪人王国！该王国里有一个怪人，担任魔王的秘书、翻译和侍从。也只有这个怪人，才是人间派来的，那就是我！除此以外，其他怪人都不是来自人间的。"

"什么？青铜怪人不止一个……"

小林准备说这番话的时候，张开了嘴巴。但发出的声音，却酷似齿轮声。咕噜咕噜嘶哑的声音，连自己也听不清楚到底在说什么。从烟囱顶上掉到地下摔死的，是木偶，不是真青铜怪人。真青铜怪人竟藏在地底下，悠闲自在，平安无事。

这时候，小林身上的齿轮响声渐渐传到魔术师的耳朵里。经过魔术师的翻译，意思是说："为什么要把我改变成这般模样？这来龙去脉，你大概知道吧？"

小林用咕噜咕噜的齿轮声音寻问魔术师。魔术师听后哈哈大笑。

"是你把青铜怪人追赶到烟囱上的，所以我在你身上实施了妖术，把你变成地底下的怪人。我们青铜怪人王国，从你加盟那一天起，就不会再有麻烦了。要不了多久，你的先生明智小五郎也将加盟我们青铜怪人王国。堂堂的大侦探，也将成为青铜怪人王国的忠实臣民。啊哈哈哈……"

小林从这个魔术师的嘴里，似乎明白了许多。可他并没有被魔术师的骗人鬼话所迷惑，深知自己并没有完全成为机器人，只是身体周围被紧紧地裹上厚厚的盔甲般的青铜色躯壳。从颈部、脸部一直到头部，被戴上青铜色头盔。嘴角边好像装有"隐蔽自动开关"。一张开嘴说话时，嘴角似乎带动开关呈"开"的状态，就会发出咕噜咕噜的齿轮声。另外，青铜色的腹部一带，好像装有发条机关，不断地传出齿轮声。

从烟囱顶上坠落到地面的怪物，原来是木偶，是真青铜怪人的替身。那么，真假青铜怪人是什么时候调换的呢?

这对话场面十分精彩。一个满脸涂着厚厚的脂粉，头戴尖顶帽;一个从头到脚套着青铜色盔甲躯壳。两个人在红色灯光的照耀下，宛如一对亲密无间的朋友。你一句我一句，相互间一问一答，无拘无束。

　　"啊哈哈哈，我们怪人王国的魔法无所不能。别说你这种小乞丐侦探，就连大侦探明智小五郎也只能甘拜下风，俯首称臣。这下，你大概明白了吧？"

　　"哼，你们怪人经常像烟雾一样消失，难道这也算魔法？"

　　"当然算喽！这是我们怪人王国的最简单魔法。此外，我们还有许多深奥的魔法。在怪人王国待久了，你会明白的。你既然已经加入我们怪人王国的国籍，再也不可能离开这里返回人间。因此，你想知道这里的一切，我会慢慢告诉你的。我们怪人王国里还有世界上无与伦比的豪华型美术博物馆。长期以来，魔王一直在收集美术品之类的文物。可以这么说吧，凡是社会上最高档次的美术品，我们这里都有。我们怪人王国的美术博物馆下设七个分馆，文物美术品应有尽有，可谓琳琅满目。其中，还有名贵钟表收藏分馆。最近，我们收集了许多名表，都陈列在那里。只要是世界上的名贵表，我们都将一一收集。现在，我带你参观七个文物收藏分馆。参观之前，先带你到食堂去。你一定饿极了吧？"

魔术师转过身体，打了一下"跟我来"的手姿。小林跟在魔术师背后，朝食堂走去。小林走路的姿势与机器人一模一样，还不时发出齿轮声。虽憎恨这般模样和这种声音，可套上青铜色盔甲躯壳后，一切身不由己。

房间与房间连接的地方不是走廊，而是狭窄的石窟隧道。隧道里，光线暗淡。走了十步左右，来到三岔路口。左边岔路上，有一块结实的门板挡住了去路。

魔术师用身体做了一下"请开门"的姿势，小林漫不经心地伸出笨拙的青铜色魔爪铁指，推开那道笨重的铁门。他走到房间里，随手关上那道铁门。

宽敞的石窟房间里，有一个巨大的青铜怪人。一看见魔术师与小林进来，腾地站起身来，眼睛直勾勾地瞪着小林。

小怪人

　　"啊哈哈，吓一跳吧？我们怪人王国里，让你吃惊的事还多着呢！等三分钟时间，就等三分钟时间。这三分钟时间里千万别开刚才经过的那扇门！三分钟一到，你再开门好吗？那时侯，你一定会大吃一惊的。"

　　魔术师咧开涂有口红的嘴巴，笑个不停。接着，他撩起红白相间的长袖，手腕上露出一只镶嵌着宝石的高级手表。魔术师紧盯着手表，等待三分钟时间的消逝。小林心里琢磨，魔术师的这只高级手表，恐怕也是青铜怪人从钟表店盗来的。

从早晨睁开眼睛开始，小林一直在接连不断的惊恐之中度过。他诚惶诚恐，无精打采，脑袋瓜里似乎失去了往日的所有记忆，愣在门前。

"三分钟过去了，你可以推开那扇门了！啊哈哈哈……"

魔术师提醒道。嘴里发出一连串没有起伏的奸笑声，笑声直刺耳膜，小林顿感一阵恶心。

小林不由自主地推开那扇房门，探出脸朝里张望，咦，这么回事？房间里已经空无一人，刚才那个高大的青铜怪人瞬间不见。房间里好像还有一个出入口。他扫视片刻，打算离开。除刚才推开的那扇门，房间的墙壁都是石头堆砌的，没有窗户。小林隐约感觉到石头堆砌的墙上有一个秘密出入口，可就是找不着。秘密出入口多半通向外边，可魔术师强调房间里没有第二个出入口。他带着小林沿着四面的墙边转了一圈，墙上仅有一些砖块大小的通风口。可那个刚才看到的高大青铜怪人，在短短的三分钟时间里消失了。

"啊哈哈哈……怎么样？这就是怪人王国的魔

法。时间紧张，只能稍稍露一手让你看看！好了，吃饭吧！吃完早餐带你去见怪人王国的国王。随后，还有许多让你大饱眼福的魔法等着你呢。"

宽敞的石窟房间正中央，有一张豪华的大餐桌，周围有六把精雕细刻的椅子。魔术师坐在其中一把椅子上，示意小林在他对面坐下。

房间里也点着一盏油灯，散发着暗红的光线。玻璃灯罩和灯座的做工非常考究，平稳地悬挂在天花板下。

大餐桌上，有一个"门"字形状的摆件。"门"里边有一口站钟。当，当，当……清脆悦耳的声音，在房间里久久回荡。

钟声兴许是信号？果然，敞开的房门口出现一个小怪物。从上到下是青铜色的盔甲。看外表，小青铜怪人似乎比小林要小许多。其模样、表情和举止，让人觉得可爱。小怪人双手捧着大银盘走到桌前，轻轻地放在桌上。大银盘里放着几个西餐盘子。

当小青铜怪人把银盘移到小林跟前的时候，

门口又出现一个小青铜怪人。这小怪人的年龄，比刚才的小怪人还小，酷似玩具怪人。小怪人双手也捧着银盘，缓缓走来。银盘里有好几个盛有咖啡的杯子。

怪人王国里还有小怪人。大概机器人也繁殖后代吧？要真是这样，怪人王国的怪人岂不是越来越多？第一个进来的小怪人，可能是哥哥？后面进来的，可能是弟弟？哥哥看上去有十二三岁，弟弟看上去只有七八岁。

魔术师翻着血红的两片嘴唇，嘲笑小林。

"哈哈哈，如果我不用钥匙打开你嘴上的锁，可口的饭菜就进不了你的肚子。"

魔术师自言自语着，从袋里取出小钥匙插入小林下巴的锁孔，青铜色盔甲脸的下巴部分可以自由张开闭住，呼吸也轻松自如多了。

"请用餐吧，要吃饱哟！我去报告一下国王就回来。"

魔术师咧开嘴，笑着从门口出去了。

魔术师走后，房间里只剩下小林和另外两个小怪人。幸亏下巴部分被钥匙打开，嘴巴可以自由说话了。小林主动找两个小怪人拉家常。

"你究竟是肉体的人，还是肚子里装有齿轮的机器人？"

听完小林提问，小怪人走到小林身旁，发出一阵齿轮声响。这声音到底表达什么意思，小林一点也不明白。

小怪人无论说多少遍，可与小林在语言上依然无法沟通。小怪人脸上开始焦急起来，齿轮声剧烈起来。突然，小怪人伸出青铜色魔爪铁指，在桌上画了起来。

"咦？怪人竟识人类的字！"

小林瞪大眼睛，跟着小怪人在桌上的手指移动辨别意思。哦，意思渐渐明了起来。

"什么？我，是，是手渚……昌，昌，昌——……哎，你没有听懂吧？我再写一遍吧！我，是，手，渚，昌，一……"

"那，你是手渚昌一？你身边那个小的呢，什么？是你的妹……妹雪……子小姐？明白了，明白了，你俩不是真正的青铜怪人，与我的遭遇相同。你俩被带到这地底下的石窟洞里，头戴青铜盔，身着青铜甲，被强行打扮成青铜怪人。"

两个小怪人似乎明白了小林所说的意思，不停地点点头，嘴里咕噜咕噜不停地叫唤。

手渚昌一与手渚雪子的父亲，就是那个被盗走怀表的受害人手渚先生。青铜怪人不仅盗走他的夜光怀表，还强行绑架他的一对亲生儿女。也许手渚先生事先报告警方和委托明智大侦探，遭到了青铜怪人的报复。为泄私愤，青铜怪人竟然把这对小兄妹改装成机器人。

青铜怪人把三个孩子当作人质，有什么叵测之心？

博物馆

这时候，魔术师回来了。

"好啦，我现在带你们去参观七个收藏文物的分馆。你们三个小青铜怪人，一定会惊讶不已。"

魔术师走在头里，为小林他们带路。青铜怪人王国的博物馆，坐落在地底下，下设七个分馆。青铜怪人盗来的所有宝物，都被收藏在这七个分馆里。

在钟表陈列分馆里，大大小小的钟表如同在钟表店的陈列橱窗中，被排列得整整齐齐。在一面紧靠墙壁的陈列橱窗里，排列着大钟以及大型塔钟。

其中最耀眼夺目的，也就是放在中间的那只皇帝夜光怀表，是青铜怪人最近盗来的。这只皇帝夜光表镶嵌在黑色灯芯绒座上，格外醒目，闪烁着无比璀璨的光泽。

佛像陈列分馆里，佛像不计其数。其中，有一座巨大的佛像，金身分外显眼，目光炯炯有神。

在书画陈列分馆里，历史悠久的日本名画和名贵的西洋油画遍布房间，将房间点缀得庄重、高雅。

此外，还有宝石陈列分馆、针织品陈列分馆和漆画陈列分馆。收藏品五花八门，多到难以估计。盗贼的"战利品"数量之多，价值之昂贵，不得不让人瞠目结舌。青铜怪人让小林他们三人参观地下博物馆，以炫耀自己的聪明才智。

小林惊呆了！国家财产和公民财产被肆意掠夺，心中顿时燃烧起憎恨青铜怪人的怒火。青铜怪人，十恶不赦！我们少年侦探团必须协助警方，尽快将其捉拿归案，为民除害！小林攥紧拳头，暗暗向天发誓。

"无论如何，我必须尽快离开这里。把这里所看到的一切，报告明智先生和警方，抓住青铜怪人，把恶魔博物馆里的所有宝物归还给所有的受害人。"

"啊哈哈哈……怎么样？怪人王国的博物馆举世无双吧！参观一结束，我就带你去见国王。小林，你是第一个参拜国王的小青铜怪人。别害怕！国王不会吞掉你的。"

魔术师走在前面带路，他们三人跟在后边，沿着羊肠小道似的石窟隧道走着。走完隧道，在隧道最深处有一个光线昏暗的房间。

房间不怎么宽敞，仅三十平方米左右。四周墙上挂满了黑色的灯芯绒幕布。天花板上，吊着一盏形状奇异的油灯。光线微弱，是小林迄今为止所参观房间中最暗的一间。

小林等三人一走进房间，正面的黑色灯芯绒幕布向两边徐徐拉开。随着幕布的移动，青铜怪人出现了。刹那间，咕噜咕噜剧烈的齿轮声响了起来。

"喂，你们三个小青铜怪人给我听好了！我现在给怪人国王当翻译，你们可要认真听哟！国王说啦，小林经常无中生有，给国王添麻烦。由于国王神通广大，具有无可比拟的魔力。那天，国王从烟囱顶坠落到地面，警方都以为国王步入天国。其实，国王根本没有伤筋动骨，活得好好的。请你们仔细看看国王，是不是朝气蓬勃、生龙活虎的模样？小林的先生明智，凭他那点微不足道的本领，怎么能抓住国王？简直异想天开！你们现在明白了吧？

"借此机会，国王郑重宣布，你们三人从今往后永远生活在地底下。听了国王这道御旨，你们一定很高兴吧？当然喽，小林永远见不到明智，啊哈哈哈……别担心，想见明智并非难事！我会帮助你们师生圆团聚梦的。地点嘛，就在这里。他已经与你们一样，成了怪人王国的臣民，现正在被改装成青铜怪人。这样，小林每天就能看到他了。哈哈哈……"

魔术师口若悬河，翻译着怪人国王说的话。青铜怪人国王说完，伸出两只青铜色的魔爪铁指在空中挥舞，简直像魔鬼。瞬间，黑色灯芯绒幕布迅速由两边移向中间。怪人国王被幕布遮住了。小林刚才一直在认真聆听，打算青铜怪人说完后提几个问题。可由于早餐结束后，下巴外边的铁壳又被魔术师锁上了，嘴巴不能自由开闭，连半句话都没有说上。转眼间，青铜怪人又不见了。

那以后的一个星期里，小林他们三个小青铜怪人结伴互助，在地下怪人王国里度过了六个日日夜夜。

青铜怪人王国里，到底有多少青铜怪人？是屈指可数？还是多如牛毛？小林无法找到正确答案。除在黑色灯芯绒幕布房间里远远看到的那个怪人国王以外，还没有其他怪人来到他们身边。只是在隧道里和石屋里走来走去的时候，小林不时看见青铜怪人或坐或站着。由于相隔距离较远，加之外表模样又都差不多，青铜怪人的实际数量，无法正确估计。小林曾向魔术师打听好几回，他只是笑而不答。

在地下的青铜怪人王国里，小林他们并没有受到非人待遇。平时，三个小青铜怪人关在一个房间里。只是有时候被支配搬运货物，虽不是什么苦力活，可枯燥和寂寞不言而喻。小林希望尽快离开地底下的怪人王国，结束痛苦的生活。

在石窟隧道的一端，有一座紧闭的铁门，一天二十四小时不见敞开，门上挂着一把大锁。

有一天，小林悄悄来到铁门旁边研究了半天，希望能看出个究竟。陡然间，背后传来一阵狞笑。

"哈哈……不行，你如果走到铁门外侧，就会送命的。铁门外是阴森森的地狱，正等着你开门呢！别想入非非，更别想越出这里一步。"

魔术师的威胁，小林并不以为然。其实，铁门外确实是令人生畏的"地狱"。

枯　井

　　如果铁门是通向地上的出入口，怪人每次外出，势必开启。返回时，也必须开启。青铜怪人每次外出返回，无疑趁小林他们进入梦乡时行动。

　　"今晚不睡觉，躲在暗中观察这扇铁门的奥秘。万一青铜怪人从这里出去，就尾随跟踪上去。"

　　小林与昌一他们商妥后，决定当天晚上彻夜监视。行动这天，正是小林被关押在怪人王国的第一个星期的最后一天。

　　小青铜怪人模样的小林，躲在石窟隧道转角黑暗的洞穴里，瞪大眼睛注视着铁门的动静。深夜之际，果然不出所料，只见一个巨大的青铜怪人模仿机器人走路的姿势，在小林隐蔽的洞穴前面经过。

小林蹑手蹑脚地跟了上去。就在这时，青铜怪人用钥匙打开铁门，消失在门外的夜幕之中。紧接着，铁门自动关闭。小林原打算跟在青铜怪人背后，趁铁门没有关闭之际溜出去。正当左脚跨出去的时候，铁门关闭了。无可奈何，小林站在铁门前，使出全身的劲朝铁门推去。

出乎意料的是，铁门吱的一声开了。青铜怪人出去的时候，居然忘了上锁。不！也许青铜怪人料定小林会跟踪，故意没有上锁？

可此时此刻，小林已经无暇思索为什么。他高兴得狂奔起来，闯进昌一和雪子的房间，拉住他俩的手朝铁门飞奔而去。

三个人的心扑通直跳，一跨出门槛，铁门便关上了。伸手不见五指，相互看不见对方的脸。现在究竟处在怪人王国的哪个位置？无法猜测。一旦瞎闯而遇上青铜怪人，后果则不堪设想。于是，小林示意他俩别弄出声响，自己则竖起耳朵仔细辨别周围动静。青铜怪人好像已经走远了。

于是，小林从袋里掏出事先在厨房里"偷盗"的火柴，擦亮后环视了一下周围。

呵！小林全身吓出一身冷汗。原来，他们前方一米的地方，有一个又大又深的洞穴。

也许没有这盒火柴，三个小青铜怪人都有可能掉入这无底洞里。他们三人手拉着手，小心翼翼地来到洞边。从洞口到洞底有石块台阶。洞底面积两平方米左右，呈正方形。四周是钢筋混凝土墙壁，酷似正方形的大箱子。

小林又擦亮一根火柴，洞底一侧的墙上出现一个黑乎乎的洞口。其直径，正好容纳一个大人钻入。这条狭窄的洞穴，也许是通向地上的出入口？

说它像出口，但又令人难以捉摸。通向地上的出入口，为何一定要经过箱子形状的洞底呢？其实，这暗道里藏有秘密机关。可小林压根儿不清楚，只是觉得不可思议。倘若这是通向外面世界的必经之路，无论多么奇怪，也只有沿着台阶下到洞底。

三个人手牵着手，一边安慰吓得差点要哭出声的雪子，一边借助微弱的火柴光线，沿着一级级台阶下到洞底。

　　一到达洞底，小林又点亮一根火柴。原来，洞底有一大摊积水。每走一步，便发出踩水的响声。混凝土墙上留有积水溅上去的痕迹。由于洞底没有排水沟，所以形成了积水。

　　三个人顾不上想这想那的，弯下腰钻入狭窄的洞穴通道往外爬去。原以为一直向前爬可以爬到地面，点亮火柴一看，前面是一个圆形混凝土洞穴，直径大约一点五米。

　　小林顺着火柴亮光向上望去，黑乎乎的，宛如空心圆柱，一眼望不到尽头。墙面不是混凝土，是一块块石板堆砌而成的。小林恍然大悟，这是一口长期没有人使用的枯井。

　　"哦，明白了。只要我们沿着石壁向上攀登，就能够爬到地面上。"

　　小林说完，用手摸了一下石壁，光溜溜的。手抓不住，脚也踩不住，根本无法向上攀登。小林急得团团转，不知如何是好。他打算与昌一商量"突围"办法，可嘴巴无法张开不能交谈。枯井里一片漆黑，就是写字也看不清楚。小林打算按原路线返回，可转眼一想，好不容易来到这里，返回去半途而废太可惜了。

就在这时候，不知从哪里传来不寒而栗的响声。哗哗啦啦，酷似瀑布的声音。

小林后悔极了。要是刚才返回去该有多好，可现在一切都晚了。

就一转眼的工夫，水从刚才三人经过的洞穴涌出，宛如决了堤的洪流，就连回去的路也被切断了。虽然水的流速不是很急，可水里挤满了大小冰块，无情地朝他们撞来。

由于冰块接二连三地撞击脚的部位，三人先后屁股着地坐在了水里。他们赶紧相互帮扶，好不容易爬了起来。等到终于站稳的时候，水位已经升到与腰部一般高。

要想逃走，只有按照原来的路线返回。可水流滔滔不绝，争先恐后地从洞口涌出。靠近洞口，他们就有可能被水流冲倒。

越是危险，小林越是无所畏惧。他抱紧雪子，朝洞口走去，由于水势太猛，仿佛被锤子迎面击中似的，脚一滑，倒在了水里。

小林费了好大劲才站起来。可此时此刻，水位已经上升到他的胸部。而且，水流没有就此罢休，继续往上升。

很快，水位上升到他的颈部，继而上升到下巴……

矮小的雪子，倘若不是被小林紧紧抱住，可能早就淹死了。可小林也快支撑不住了，呼吸困难起来。昌一迫不得已，紧紧抱住小林。小林除怀抱雪子，还被昌一死死抱住，眼看就要倒在水里。

面对死神的临近，小林视死如归。他紧闭双眼，使出全身力气，等待着那一刻……

卧室怪人

　　地底下的三个小怪人危在旦夕。与此同时，地面上也发生了可怕的一幕。

　　由于昌一与雪子已长达一个星期下落不明，手渚先生急得不知怎么办才好。青铜怪人绑架了两个孩子后，似乎还不满足，也许还会出现在手渚家里。为此，警方仍派出大量警力在手渚家站岗警戒。此外，还有一部分便衣侦查员在别墅内外布控。

　　就在三人即将被水淹没的时候，时间是半夜十二点钟。当时，凑巧有一个便衣侦查员在手渚院子里值勤。他蹲在茂密的灌木丛里，注视周围的动静。从这里望去，可以看到手渚先生卧室的窗户。根据映照在黄色窗帘上的光亮程度，床头柜的灯似乎还亮着。窗户上的黄色窗帘，仿佛电影里的银幕，投影非常醒目。

便衣侦查员漫不经心地望着窗户。突然，窗帘上映出奇怪的投影。他警觉起来，迅速站起身观察。

那是人的投影，可身体形状不像手渚先生。动作笨拙、缓慢，身上好像穿着西装。

"大概是……"

便衣侦查员想到这里，踮起脚尖靠近窗前。他把脸贴在防盗窗上，从窗帘中间的空隙里窥视房间……

不好！有怪物。果然不出所料，青铜怪人在房间里。他站在手渚先生床边，正准备伸出手抓住手渚先生。

说时迟那时快，正在熟睡的手渚先生张开了眼睛。他发现床边站着青铜怪人，一骨碌从床上坐了起来。

一边是青铜怪人，一边是手渚先生。俩人怒目圆睁，紧盯着对方。尤其青铜怪人那对凹陷的眼睛，气势汹汹地盯着手渚先生。

宛如被蛇尾追的青蛙那样，手渚先生也怒视对方，身体丝毫没有动弹。忽然，他惊慌失措大喊大叫起来。呜呜啊啊的，连话也说不清楚。

便衣侦查员一听到惊叫声，旋即离开窗边，箭一般冲到后门，穿过走廊朝卧室跑去。由于窗上设有防盗网，警员无法翻越窗台进入房间抓罪犯。然而，卧室门关得紧紧的。他翻来覆去地转动锁把，就是打不开房门。手渚先生是一个谨小慎微的人，睡觉之前总是把门关得紧紧的。便衣侦查员见不起作用，只得吹起了警哨。

走廊上响起了脚步声，又跑来一个侦查员和手渚的用人。

两个侦查员合力撞门。嘭的一声巨响，门板开裂。一阵猛踢，门板上裂出一个大口子。俩人顺着洞口朝房间里窥视，房间里除手渚先生瘫软在床上外，青铜怪人已经无影无踪。瞧手渚先生脸上的模样，大概已经失去了知觉。

侦查员从踢坏的洞口钻入房间，分别在床底下和窗帘后面搜索，还翻箱倒柜搜寻，就是没有青铜怪人的影子。按理说窗上有防盗窗，青铜怪人应该是瓮中之鳖。

"哦，青铜怪人肯定又使了魔法，瞬间化作烟雾消失了。"

侦查员抱起手渚先生，连声呼唤，好在他身上没有受到什么伤害。手渚先生睁开眼睛苏醒了。

"明智先生，快喊明智先生……"

手渚先生刚说了两句，又倒在床上昏迷过去。

侦查员立即打电话到中村警部家和明智大侦探家。

"我马上就到。"中村警部答道。

"明智先生于前天晚上离开侦探事务所后，至今还没有回家，我们正为他担心呢！"

明智侦探事务所的雇员答道。

大侦探到底去哪儿了？会不会陷入青铜怪人

设置的陷阱？会不会已经被送往地底下的那个怪人王国？

侦查员端来葡萄酒往手渚先生的嘴里灌，终于他又苏醒过来。片刻，他长长地缓了一口气，嘴唇嚅动了好一阵子，开口说话了。

"青……铜怪……人抓住我的手，似乎要……把我带到……什么地方去。齿轮声在……我耳边不停地响着……那响声似乎……在说……与我一起走！我明白了意思以后，拼命抵抗。那家伙死死抱住我，硬要把我拽走。正在这时候，传来你们撞门的声音。青铜怪人突然松开钳子般的魔爪铁指，迅速消失了。"

"青铜怪人从哪里逃走的？我已经搜索好几遍了。房间里，除门窗以外，还有其他逃跑的通道吗？"侦查员问道。

手渚先生被这么一问，吓得面如土色。

"应该没有。我总觉得青铜怪人不是逃走，而是消失。那家伙渐渐地由深变浅，淡化作烟雾消失了。那家伙是魔鬼，是一个可怕的魔鬼！"

突然，侦查员手上的对讲机响了，说中村警部已经驱车赶到现场。

根据中村警部的命令，全体警员分成若干小组在手渚先生的卧室内外展开搜查。现场，没有留下青铜怪人的脚印和指纹。中村警部看了一下手表，已经是后半夜了，便命令搜索暂停。警员们继续严密监视周围的一切，以保证手渚先生和家人睡觉休息。吩咐完毕，中村警部无意中发现房间的床上空荡荡的，吃惊地问道："咦？手渚先生上哪儿去啦？"

"不知道上哪儿去了。不过，好像有人陪着他一起走的。"

"我听说了，说他上厕所去了，田中跟在一起去的。"

话音刚落，田中警员气急败坏，上气不接下气地跑来。

"不好啦！手渚先生被绑架了！警部，这是我失职造成的。刚才，就在走廊转弯的地方，手渚先生的身影突然不见了。走廊那里的防雨窗没有关闭，青铜怪人肯定埋伏在防雨窗外的黑暗里。我追到院子里的时候，手渚先生已经不知去向。我用手电照遍整个院子，仍没有他的身影。"

田中警员犯了不可饶恕的大错，可眼下光训斥又能抵什么用。中村警部摆摆手，示意手渚家用人当向导，协助侦查员们到院子里仔细搜索。十几支手电筒灯光交织在一起，可大家什么也没有发现。不光青铜怪人化作烟雾，就连手渚也化作了烟雾。

机关失灵

次日拂晓五时左右，天蒙蒙亮，大侦探明智小五郎突然出现在手渚先生家里。

"来得正好，明智先生，你没有出事吧？"

中村警部见明智大侦探平安无事，满脸喜悦，嗓门也变大了。

"青铜怪人竟然连手渚先生也不放过，把他给绑架了。为此，我也着实为你捏把汗，担心你也遭到绑架。听说，你好像有两天没有回家了吧？上哪儿去了？"

"嗯，我等一下告诉你。可当务之急，必须尽快找到手渚先生的下落，并且越快越好！"

明智先生刚出现，就急着要走。中村警部感到愕然。

"你上哪里去找？院子内外我已派人搜索了好几遍啦，一点线索都没有。"

"嗯，我大致有线索了，你跟我一起去吧，再带上一名警员。"

明智大侦探似乎非常自信。

"我当然与你一块去，可到底去哪儿呀？

"院子的树林里呗。"

"院子里？嗨，我已经派人不知搜多少遍了。可疑的地方，一处也没有发现。"

"你们在搜索时，漏了一个很重要的地方。"

明智大侦探好像在思考什么，中村警部虽不明白他究竟在想什么，可有一点是可以肯定的，他已经胸有成竹。大侦探之所以名声显赫，因为他侦破了大大小小无数棘手案件。他在侦查方面的聪明才智，是大家一致公认的。因此，中村警部没有再提出异议，决定先按照明智大侦探说的去做。这时候，明智大侦探手提皮鞋，穿过走廊下到院子，蹑手蹑脚地朝树林里走去。中村与另一名警员紧随其后。三千多平方米的大院子里，直径一米左右的大树鳞次栉比，茂密的树枝与树叶纵横交错，将阳光牢牢地遮挡在外。即便是白天，树林里也是昏暗的。

明智大侦探笔直地朝前走着，似乎成功在握。忽然，他在途中停下脚步，用手指了指地上轻轻地说："就这里！"

这是一口枯井，仿佛早就被人遗忘。枯井周围是矮矮的土墙，已有一半倒塌，像一堆废墟。中村警部脸上露出半信半疑的表情。

"这枯井，我们搜查得非常仔细。井壁是石块堆砌的，井底周围没有洞口。

"嘘……别大声！青铜怪人就在下边。你带枪了吗？"

明智大侦探压低嗓门，说话声音犹如蚊子在叫。

"把枪拿在手里，说不定会遭到对方攻击！"

一听这话，中村警部脸上顿时失色，随即从枪套里取出手枪。

"看清楚了？这井底。"

明智大侦探用手电筒照着井底。中村警部顺着灯光打量着洞底，他不由得满脸惊讶。

"这井底怎么回事？连一滴水也没有。昨天晚上我亲自查看过，上次我也亲自查看过。两次查看，我记得井底都有乌黑的积水，还有一定的深度。可今天……"

"这就是魔法。那家伙只要口中念一下咒文，井底水就会立即干涸。这下面，有一个通向地下密室的出入口！"

"照你这么分析，这地底下是青铜怪人的贼窝？"

"是的。手渚先生也好，昌一也好，雪子以及小林也好，都被关在这地底下！"

"噢，真有这事？简直吓我一跳！那青铜怪人太猖狂了，竟然把贼窝设在手渚家院子的枯井底下。"

"看似青铜怪人在使用魔法，实际上仅采用了与常人不同的逆向思维。按照想当然的思维逻辑，是无法抓住它去解开秘密的。不逆向思维，不使用超常办法，是对付不了青铜怪人的。来！我使用这绳梯先爬下去，你们跟在我后边下来。万一遇到不测，不要慌张，开枪就行。"

"就我们三个人行吗？听说青铜怪人为数不少哟！"

"没关系。我已经掌握了对方的准确情况。就是我们三个人也已经太多了。"

明智大侦探打开夹在胳肢窝的小纸包，从中取出折叠在一起的细绳梯。绳子虽细，却非常结实。绳梯的端部有两个金属钩，只要挂在墙上就行。他将钩子挂在井口边上，绳梯便向下延伸。三个人一边沿着绳梯往下爬，一边尽量不弄出响声。

枯井深度有三米左右，四周长满青苔。井底是混凝土浇筑的。与枯井年龄相比，混凝土井底好像不久前才浇筑的。井底采用钢筋混凝土制成，人们还未曾听说过。根据明智大侦探刚才的分析，倘若青铜怪人在这里建大本营，通道沿线和密室出入口周围，一定设有某种机关或陷阱。

井底可以并排站两个大人。明智大侦探一走下绳梯，便一声不吭地打开手电筒对准一方石壁，用手指着洞穴向身后的中村警部示意。

　　石壁有一个洞穴，直径正好容纳一个大人爬行通过。明智大侦探率先钻进洞穴，中村警部与另一名警员紧紧跟在后面。洞穴前方，有一个酷似箱子形状的地方。来到那里再朝上走，是一级级石台阶。走完石台阶，正面是一扇大铁门。

　　其实，小林、昌一与雪子刚才被水淹到脖子的地方就是这里！

　　从他们三人浸泡在水里一直到现在，已经过去了八个小时左右。也许刚才的水已经被地下吸干？不，地底下不可能有吸干井水的功能！试想，井底是钢筋混凝土浇筑，没有预留孔，既不会渗水也不会排水，客观上是干涸的井底。那么，水究竟到哪里去了呢？小林他们三人又怎样了呢？如果被水淹死，井底应该留有尸体，可井底什么也没有。

　　在小林他们正要跨出鬼门关最后一道门槛的时候，放水的无疑是青铜怪人！照此推理，倘若青铜怪人发现明智大侦探入侵也肯定会开闸放水。可现在，为什么怪人还不放水？恐怕还没有察觉到明智大侦探他们已经到来？

手渚获救

　　明智大侦探从口袋里取出钥匙，插入大铁门的锁孔轻轻一转，门开了。

　　大门里面漆黑一片。中村警部握紧手枪，以为青铜怪人隐蔽在黑暗里。借助手电筒灯光，方知里面是一条昏暗狭窄的隧道，一直向前延伸。隧道里空无一人。

　　明智大侦探手持电筒，率先钻入隧道。中村警部和另一名警员瞪大两眼，一边警惕着四周一边紧随在大侦探身后。

　　明智大侦探熟悉这儿，就像熟悉自己的侦探事务所一样。每当经过岔路口的时候，他没有丝毫犹豫，宛如老练的导游在前边带路。在光线暗淡的石窟隧道里，他们一连转了好几个弯，最后，终于停了下来。这地方，就是那个魔术师曾经带小林他们来过的地方。房间不怎么宽敞，四周墙上挂满了黑色的灯芯绒幕布。天花板上吊着一盏形状奇异的油灯。

三个人刚走进房间，就发现黑色幕布的下端有一个人倒在地上。

"啊呀，这不是手渚先生吗？"

倒在地上的手渚先生，身上已换上江户时期的侠客着装。身上五花大绑，两眼紧闭，脸色苍白，看上去似乎已经失去了知觉。

三人赶紧跑到他身边，解开绳索把他抱起来。被抱在怀里的手渚先生，耷拉着脑袋，一副有气无力的模样。他微微睁开眼睛，慢慢举起右手指着黑色幕布。

幕布有两道，幕布背后好像还藏有什么。突然，传来熟悉而又可怕的齿轮声响。声音由弱到强，从房间四面八方传出，朝他们围拢而来。三个人不由得站起身，背对着背呈三角形警惕着周围。手渚先生的手指一动不动地指着黑色幕布的交汇处。脸上露出惊恐不安的表情。

这时，折叠式的黑绒幕布徐徐移向两边。天花板上垂吊着一盏昏暗的油灯，摇摇晃晃。青铜怪人从幕后出现了，瞧那般架势，像要朝他们扑来似的。

中村警部见状举起手枪，欲射击。

"别开枪！这地方不能乱来！你的枪还是我帮你保管吧！"

说完，明智大侦探一把夺过中村警部手里的枪，又一把夺过警部身后的警员手中的枪。两把枪，全被明智大侦探收缴了。

明智大侦探走到房间门口，关上房门对那个警员说："你站在门这里守卫，没有我的命令，无论遇到什么情况都别开门！记住了吗？中村、手渚还有我，都不允许朝外走一步！一定要记住！"

明智大侦探这一奇怪的命令，让警员们摸不着头脑，只得干瞪眼。由于贼窝是大侦探发现的，即使不理解他的命令也得执行。警员走到门前，笔直地站立在那里，严密注视着门的动静。

"中村，请注意！马上就要与青铜怪人面对面交锋了！"

明智大侦探说完，精神抖擞地走到幕布交汇处。就在这时候，中村警部无意中发现明智大侦探的眼神和举止。

"啊呀！"

他暗暗惊叫一声。那眼神和举止，仿佛无赖在恶作剧之前的习惯动作。这种关键时刻，大侦探为什么要使出那种眼神？中村警部怎么也想不明白。

明智大侦探拉开幕布，迈开大步朝里边走去。须臾，传出嘈杂的声音。幕后，无疑是那个青铜怪人。

警部紧盯着幕布，尽管赤手空拳，可两个拳头握得紧紧的，准备迎接格斗。忽然，幕布开始像波浪一般翻滚起来，警部目不转睛地望着。

格斗还没有开始。片刻后，幕布交汇处如一阵风似的朝警部他们飘来。接着，幕布徐徐向两边分开，出现一个高大的黑影子，那个青铜色、模样可怕的怪物出现了。

握紧拳头的警部，不由得倒吸一口冷气，后退了几步。

青铜怪人张开镰刀形的大嘴巴，笑着朝警部走来。怪物走路的姿势，仿佛背后被人推着似的，晃晃悠悠。

"咦？明智先生呢？上哪儿去啦？也许刚才一瞬间被怪物抓起来啦？或许被怪物打倒在地？

倘若真这样，就不能再犹豫了！中村警部奋不顾身地朝怪物猛扑上去。就在他刚跨出第一步的时候……

青铜怪人的背后，蹿出一个春风得意、堆满微笑的人。他，不是别人，正是明智小五郎！

"中村，别紧张！怪人已经被我制服！你再认真看一下！如果青铜怪人是魔术师，那我明智这个魔术师绝对高出一筹。你瞧！"

话音刚落，明智大侦探转到青铜怪人背后，蹲在地上。于是，青铜怪人的身上传出了齿轮响声。

嘿！这到底是怎么回事？忽然间，青铜怪人又摇摇晃晃起来。转眼间，刚才威风凛凛的身躯变得无精打采。脑袋垂在胸前，两只耸起的肩膀犹如泄气的皮球，渐渐瘪了下去。再看青铜怪人的全身，瞬间仿佛冰雕融化成水一般。刚才还神气活现的青铜怪人的脚边，横卧着一团黑色的东西，犹如一件掉在地上的连衣裤。

"中村，青铜怪人从封闭的密室里消失，使用的就是这种简单的办法！这就是所谓的青铜怪人魔术。"

明智大侦探说完，一脚踩在那团黑色东西上，只见那黑色的东西，微微晃动起来。

橡胶人

"中村，青铜怪人到底是怎么回事，你看见了吧？"

明智大侦探笑嘻嘻地对中村警部说。

中村警部被眼前发生的一切弄得晕头转向，不知说什么才好。

"哈哈哈……怎么还那么紧张！其实你已经看到青铜怪人的真相了。青铜怪人的外形是采用厚橡胶制作的。脚后跟有进气孔，是用金属塞子堵住的。我刚才蹲在青铜怪人后面，卸下两个金属塞子，便发出呼的放气声音。橡胶连衣裤是密封的，只要朝两个进气孔充气，它就会变得又高又大，像个青铜巨人。

哦，原来是这么回事！真叫人不可思议。那可怕的青铜怪人，原来是用橡胶做成的。可没有灵魂的橡胶人，怎么能盗窃宝物后逃走呢？中村警部望着地面上一团泄了气的橡胶人，依然目瞪口呆，难以接受。

"把它恢复成原来看到的青铜怪人，不知道行不行？我来试试看！"

明智大侦探说着，来到幕布后边，拉出一根又细又长、端部有针头的管状东西。

"这管子是连接在墙后面的气泵上的，只要一按开关，气泵就开始工作，气便从管子端部的针头喷出。这与给汽车轮胎充气的原理是一样的。"

明智大侦探找到进气孔后开始充气。顷刻间，巨人般的橡胶人开始膨胀。

"把金属塞子给塞上，一会儿就可以变成刚才的那个青铜怪人。找到橡胶人的充气口，一切自然也就明白了。"

一眨眼，橡胶巨人鼓鼓囊囊起来。起初，形状像个干瘪的大海龟。当气体进去以后，那可怕的青铜怪人又矗立在大家眼前。

"哦，明白了。它不是真青铜怪人，而是怪人替身。"

警部中村长长地吐了一口气，终于明白了其中的道理。

"是的哟！橡胶人本身不可能移动脚步！真怪人不在的时候，就让假怪人站在幕布背后。如果人不帮助它，假怪人什么动作也不会。幕布向两边徐徐拉开后，展现的怪人和发出的齿轮声响，都是人为的。真青铜怪人的助手，就是那个魔术师。那是一个奇怪的家伙，瞧！就在那里！"

明智大侦探说到这里，没有继续往下说。他三步并作两步地走到警部身旁，附在他耳边轻轻耳语了几句。中村警部向站在门口看守的警员打了个手势，示意坚守在那里。

明智大侦探走到手渚先生身边，吃惊地停住脚步。

"喂，手渚先生，脸色怎么这么难看？大概哪里不舒服吧？"

中村警部上前给手渚先生松绑。手渚先生一副筋疲力尽的模样，脸色苍白。少顷，他又倒在了地上。

"喂，一切都已经过去，别太紧张了！"

明智大侦探轻声安慰。

"中村，你守在手渚先生旁边。如果病情严重，先带他离开这里。"

中村警部和警员站在手渚先生两侧，搀扶着他。手渚先生的神志似乎在恢复。

"谢谢你们！我可以自己站起来。昌一和雪子的失踪，真让我心急如焚！不知他俩怎么样了？是死还是活？他们在哪儿呢？你们快帮我去找呀！"

手渚先生不愿意就这样扔下自己心爱的儿女，离开青铜怪人的贼窝。

"别担心！昌一和雪子都平安无事！瞧，不都好好的吗？"

明智大侦探亲切地安慰手渚先生。果然，三个少年安然无恙。那么，究竟是谁救的呢？

蓄水池

"明智，橡胶人的秘密已经清楚了。可真怪人在哪里？到底是谁？手渚先生被绑架到这里，橡胶人是干不了的。"

蹲在手渚先生旁边的中村警部，依然感到十分纳闷。

"你这个问题，马上就会有答案了。请再稍等片刻！在此之前，我还想让你看一样东西。中村，还有手渚，请你们睁大眼睛仔细看好，我现在去取一样奇怪的东西。"

也不知何故，明智大侦探一边笑一边走到黑色灯芯绒幕后。听完明智大侦探刚才那番话，三个人以为可能有什么奇迹发生，默默地等待着。片刻，幕布徐徐晃动。幕布的交汇处，蹦出一个红色的东西，犹如箱子里冒出魔术木偶一般，魔术师出现了。

身着红白相间的肥大上衣，头戴尖顶帽子，一张雪白的脸，两边腮帮上有两个又大又圆的红点。

三个人见状，瞠目结舌。魔术师走到他们跟前，突然哈哈大笑起来。

"哇哈哈哈……怎么样？速度好快呵！仅一分钟时间，就完成了脸部化装，还穿上魔术衣。怎么样？就像玩魔术一样。哈哈哈……还不明白？是我呀，我是明智！我化装成真怪人的弟子魔术师，让你们瞧瞧！"

"怎么？原来是你！你化装成这模样，到底想干什么？"

中村警部脸露愠色，问道。

"噢，是这样的。昨天夜里，我化装成魔术师这身打扮，跟踪在真怪人背后，发挥得可谓淋漓尽致，惟妙惟肖。手渚先生，你明白我说的意思吗？干侦探这一行，化装必须干净利索，动作敏捷，而且要逼真。"

"那么，是你化装成魔术师的？那真魔术师呢？那家伙现在怎么啦？真没有想到，你……"

中村警部提心吊胆地问道。明智大侦探又笑了。

"哈哈哈……我会让你们看到的，再稍等片刻。"

说完，他走到幕后。片刻，他以刚才同样的速度从幕后出来。瞬间，幕布犹如被大风刮起似的飘荡起来。幕布的端部，挂到了天花板上。也就是说，幕全部拉开，幕后的一切暴露无遗。

明智大侦探微笑着站在那里。魔术师消失了，明智大侦探恢复了原本模样。也不知他什么时候已经把脸上的妆全卸了，动作比真正的魔术师还要迅速。

"现在，我让你们看真正的魔术师。"

明智大侦探的身后，横卧着一只黑色的大型橱柜，如同佛龛那般大。明智大侦探走到橱前，将钥匙插入橱柜锁孔。随之，放佛像的两扇门迅速向左右打开。

灯光，来自垂吊在天花板上的煤油灯。橱柜里，有一对呆滞的目光。不过，那确实是人的眼睛。一个男子身着一件衬衫，手脚被五花大绑，横卧在橱柜里面。

"哈哈哈……知道了吗？这家伙于两天前就被关在这里了哟！这两天里，我顶替了这个魔术师。不用说，我不会饿死他的，经常给他送些吃的喝的。你们明白了吧？手渚先生，这橱柜里原本放有佛像。不知怪人从哪个寺庙里盗来的。我把它放在别处，把魔术师关在里边，以替代那个佛像。"

"照你这么说，这家伙是怪人同伙喽。"

中村警部大声嚷道，迫不及待地扑向那个男子。

"别急！就这样他也绝对逃脱不了！"

明智大侦探关上佛龛的两扇门，上了锁。

"手渚先生，让您久等了。现在，我带你去见昌一和雪子小姐。"

明智大侦探这么一说，中村警部莫名其妙地望着他，紧追不舍地问道："什么？这些你都清楚？那你为什么不早带我们到那里去？还化装成魔术师什么的，又浪费时间，又让我们受惊吓。"

"这，对不起了。其实，侦破这起案件是有顺序的。我很想让手渚先生欣赏一下，我也是一个擅长化装的名人。好吧，你俩和手渚先生一起，跟在我后边。"

明智大侦探走在前面带路，打开出入口的后门，来到石窟隧道。警部与警员一起搀扶着脸色苍白、浑身乏力的手渚，跟在后边。

原形毕露

在昏暗的隧道里转了一道弯后，到达另外一个房间门口。这里，是前边提到的钟表陈列分馆。不计其数的大大小小的钟表，井然有序地陈列着。

"手渚先生，您瞧！你那只皇帝夜光怀表就在这里！现在，它已经不会再插翅飞走了！等一下离开这里的时候，你拿着它回家就是了。"

手渚先生望着那只怀表，眼里闪过惊喜的目光。由于明智大侦探一直在前边走，他们三人也只得跟在后边。

然后，是美术陈列分馆和刺绣工艺品陈列分

馆。经过两个分馆，他们来到佛像陈列分馆。这里有一股怪味。天花板中间垂吊着一盏油灯，光线微弱。四周是错落有致、形状各异的佛像。

"你们又吃惊了吧！建造这么浩大的地下室，陈列这么多的文物，不是一件容易办到的事情。也不知从什么时候开始，那家伙干出这么一件惊天动地的大事。"

中村警部无限感慨，嘟嘟哝哝地自言自语。

"我也着实吃了一惊。现在，我才明白其中的奥秘。这些文物中的大部分，都是青铜怪人长时间偷盗来的。过去，可能存放在别的地方。这座地下室，是德川朝代末期某个大臣建造的。当初，这里是秘密集会的场所。出入口逐渐被堵得严严实实的，就再也没有人知道这下边有地下室了。

"日本战败后，青铜怪人在一本古书上得知这下边有地下室，便悄悄地装修了一番，然后把分藏在好几处的文物偷偷搬运到这里。为把那座最大的佛像运到地下室里，它不得不打坏井底的石墙。尽管已经修复，可石墙上还是留下了斑斑痕迹。

"怎么样？手渚先生，你是这里的主人，你不知道的事情，可我一清二楚！哈哈哈……"

明智大侦探不知为什么，十分神秘地大笑起来。

大家在佛像与佛像之间穿行着。走在头里的明智大侦探也不知何故，刹那间无踪无影了。恰巧周围都是站着的佛像，看不清楚明智大侦探究竟在哪里。

"明智，你在哪里？明智……"

无论怎么大声喊叫，就是没有应答。昏暗的陈列室里，霎时静悄悄的。只有周围站着的佛像笑容可掬地望着他们三人。这时，中村警部也不知为什么，竟然害怕起来。

三人一边寻找明智大侦探，一边在佛像之间穿行。没有明智大侦探的带路，如同进入迷宫一般。忽然，他们停住脚步，不知从什么地方传来齿轮的声响。

咕噜咕噜，咬牙般的齿轮声越来越响。三个人惊呆了，全身不停地颤抖。

就在这时候，重叠在一起的佛像中，闪出一个黑色的东西。那黑色的东西越来越大。

片刻间，三个人眼前出现了怪物——青铜怪人。

三个人不约而同地往后倒退几步，怪人却没有停住脚步，而是继续朝他们走来，似乎向他们发起攻击。这怪物不是橡胶人，行动完全自如，两条腿大踏步地朝前迈进。走路姿势与人一样。

怪物一边走，一边张开两只大手，企图把他们三人一把抱在怀里。

三人定睛一看，青铜怪人背后还有黑色的东西在蠕动。形状和颜色，与大青铜怪人差不多。就个头来看，是小青铜怪人。大概是大怪人的孩子？一个、二个、三个……是三个小怪人。三个小青铜怪人手牵着手，跟在大青铜怪人身后，一步一步地朝他们走来。

"站住！再向前走一步我就要开枪了。你们也就没命啦！"

中村警部站在手渚先生前边护卫，模仿举枪的姿势。

"嘻嘻嘻，哈哈哈……"

这时，不知从哪里传来笑声。笑声越来越响，好像是青铜怪人们在耻笑他们。

三人呆若木鸡地站在原地，瞪大眼睛望着前方。

只见大青铜怪人用两只手抱住自己的脑袋，然后使劲力气往上拔。咔嚓！怪人的脑袋被拔了下来，似乎在空中飘浮，瞬间，怪人的脸也变成了两个，一个被两只手高高举起，另一个还在原来的肩膀上。

肩膀上的那个脑袋，不是青铜色，是与他们三人相同的肤色。脸在不停地笑，好像在哪里见过？

"嘿！是我！是我哟！实在是对不起呵！让你们一次又一次地受惊。我只是想让你们目睹一下橡胶人以外的青铜怪人。"

原来是明智大侦探扮演了青铜怪人！

他手上高举着青铜怪人的面具。面具中间有一条缝，上面有一个小锁孔。钥匙插入一转动，面具就成了两半。

"这就是青铜怪人的原形！也就是说，他身穿青铜色甲衣，头戴青铜色头盔，自由自在地走来走去……我再说一件事。瞧！我身后的三个小青铜怪人，仔细想想看他们会是谁？就是昌一、雪子和小林。青铜怪人强迫他们穿上青铜色盔甲。这个稍高的，是小林。中个的，是昌一。矮个的，是雪子小姐。"

听着明智大侦探这么一说，手渚先生大嚷起来，踉踉跄跄地朝前走着，打算拥抱自己久违的儿女。小怪人们也抱成一团，朝手渚先生走去。手渚先生张开双臂，把个头最小的雪子紧紧抱在怀里。

孩子们安然无恙，名贵的皇帝夜光表也完璧归赵。剩下的，就是捕捉那个青铜怪人的大盗窃犯。

"明智，我真服了你了！你装成青铜怪人，接二连三地吓唬我们，胆都差点让你给吓破了！可眼下最重要的是逮捕罪犯。他究竟在哪里？明智，你快说呀！绝不能让他逃走！"

中村警部一步走到明智大侦探跟前，紧盯着他。

"警部，请别急，一切还得按照顺序来！罪犯，我可要到最后才能交给你。请放心，他逃不掉！"

明智大侦探充满自信，笑着对警部说。

"好，明智，你果然名不虚传！可我要问的是，罪犯究竟在哪里？"

"在这里。"

中村警部大吃一惊，急忙睁大眼睛朝四处张望。昏暗的房间里，除了那些站着的佛像外，再也没有其他可疑的陌生人了。

"你呀你，又在开玩笑。快说正经话，罪犯他在哪里？"

"在这里哟！"

"什么这里？"

酷似青铜怪人的明智大侦探，伸出右手上的青铜色魔爪铁指，径直朝前边指去。

警部立即侧过脸，顺着他手指的方向望去。他看了半晌，还是没有看出可疑之处。手指的方向，除了警员、手渚先生和三个小青铜怪人以外，就是两座佛像了。

可明智大侦探的手仍朝着这个方向，没有丝毫改变。警部越看越糊涂，又顺着明智大侦探的手指方向望去。

明智大侦探的手指，正朝着手渚先生的脸。无论左看右看，罪犯只能是手渚先生了。可中村警部压根儿不明白，手渚先生怎么会是青铜怪人呢？

青铜怪人

手渚先生是青铜怪人！这，难以令人信服。

他的皇帝夜光怀表被盗，他的一对子女被绑架。按理说，他是当然的被害人。

明智大侦探手指的方位，弄得中村警部他们丈二和尚摸不着头脑。迷惘而又无奈的目光一齐瞟向明智大侦探。

"中村，你无法理解情有可原。可这确实是真的。现在，我再详细解释一遍。"

明智大侦探放下手，叉开两条腿，慢条斯理地说了起来。

"刚才我说了，两天前，我潜入这个地下室，把怪人手下的那个魔术师关在橱柜里。然后，我化装成魔术师。昨天晚上，化装成魔术师的我，起到了不可低估的作用。

"手渚先生院子里的这口枯井，据说是青铜怪人到地下室的出入口。这秘密出入口，我也是三天前的半夜里才发现的。这口枯井的井底，原来一直有积水。那天晚上，我用手电筒仔细照亮井底。奇怪的是，积水不见了。我感到纳闷，便躲在树林暗处观察。果然不出所料，枯井里先是冒出青铜怪人的脑袋，后又冒出青铜怪人的身躯。

"我当时想，与其悄悄尾随跟踪，倒不如先潜入井底搜查为上策。待怪人远远离开的时候，我便窥视井底。就在这时候，不知从哪里哗哗啦啦地冒出水来。刚才还是干涸的井底，瞬间水流翻滚，水位直线上升。

"喂！你们几个，听明白了吗？事实上，这办法太妙了！

"井里有水，谁都会认为是正常的。反之，倒会引起怀疑。青铜怪人正是利用这一常理，大做文章。他进出地下室的时候，井水消失。水，究竟来自哪里？排往哪里？

"为弄清井水的来龙去脉，我仔细探寻、琢磨。原来，井底石壁背后，藏有一个蓄水池。只要一按开关，抽水机便将井里的水抽送到蓄水池里。青铜怪人偷用附近电线杆上架着的电线，控制抽水机的开关。水抽干后，怪人将绳梯端部的金属钩朝井口扔。待金属钩挂住井口时，怪人便沿着绳梯爬到地面上。梯子是绳子制作的，非常结实。揉成一团，体积变小，可以放入衣袋里随身携带。

"怪人离开后用不了一分钟，蓄水池通向井底的闸门自动打开。水哗哗啦啦流向枯井，怪人的任何痕迹也就随着水的遮掩而消失。

"我暗暗下了决心，趁怪人不在之际，一定要设法潜入怪人的地下窝点。可让我感到棘手的是，井底干涸的时间，仅仅是一瞬间。无论动作如何敏捷，都赶不上水来到之前的时间。于是，我决心一边潜水一边摸索秘密通道。我返回家中，着实准备了一番。次日半夜，等到怪人离开那口枯井后，沿着绳梯下到井底，潜水寻找秘密通道。那天，我身上穿着一套橡胶制作的连衣裤。天很冷，冰凉的水冻得我脸色发紫。我潜到井底，寻找出水口。然后，顺着出水口穿过秘密通道，再沿着石窟隧道向上爬去。整个过程，我仅用了一分钟左右的时间。我擦干身上的水，换下橡胶连衣裤，再换上橡胶挎包里的干衣服。我换上衣服后，悄悄窥视地底下的每一个房间。忽然，我发现了三个小怪人。小怪人的身边，有一个魔术师。原来，魔术师受青铜怪人的指示，监视三个小怪人。

"我把自己隐蔽起来，悄悄记住魔术师的习惯动作、举止和说话口吻，趁魔术师离开房间之际，我猛扑上去，迅速将他五花大绑起来，在他嘴里塞上事先准备的手巾，再剥下他的外套，穿在自己身上。然后，把他锁在橱柜里。幸亏钥匙就在他的上衣口袋里。

"变成魔术师替身的我，为弄清青铜怪人的真面目，整整花费了两天时间。这简直是一项大工程，困难重重。青铜怪人的大部分时间都在外边，只有半夜里才稍稍露一下脸。为查清青铜怪人的来历，累得我够呛啊！但让我高兴的是，煞费苦心终于换来了青铜怪人的秘密。

"遇上被强行化装成小怪人的三个孩子，我没有暴露自己的身份。让他们认定我就是怪人手下的魔术师，对侦破工作有利。可昨天晚上，粗心大意的我，差一点酿成无法挽回的大祸。三个孩子聚集在一起，趁青铜怪人外出时，跟着外逃。三个小家伙摸索着来到井底，可那个毫不留情的水闸开了，蓄水池里的水涌向枯井。转眼间，水流差点把他们淹死。"

揭穿骗局

明智大侦探望了一眼大家后，继续往下说。

"当时，我发现三个孩子突然不见了，到处寻找。当我赶到蓄水池的时候，察觉水正在顺着秘密通道排向枯井。我急忙打开电源，抽水马达开始启动。水开始反流，朝蓄水池涌来。三个孩子总算幸免于难！

"在这么寒冷的天，浸泡在水里简直是折磨。当时，三个人已经冻得四肢麻木，浑身直打哆嗦。我迅速帮他们一一脱去青铜怪人的外套，领他们到电炉旁取暖，再让他们穿上青铜怪人的外套，恢复原样。

"中村，你能明白我为什么要那样良苦用心吗？当时，我完全可以让他们恢复被绑架前的模样，扔掉青铜怪人的外套返回地面。反正我袋里有钥匙。可我偏偏让他们再穿上青铜怪人的外衣，继续留在地底下。这道理，我想你现在应该明白了吧！"

明智大侦探说到这里，又神秘地笑了起来。

"除我以外，这里还有谁都不明白的秘密。

"两天里，我识破了青铜怪人设下的陷阱。原来我一直以为，所谓的青铜怪人有着固定的外貌。可这却是一个大错特错的概念。

"虽然，无论在哪里出现的青铜怪人，其外貌完全相同，可事实上，青铜怪人分三个种类，根据不同场合而使用相应的种类。这就是青铜怪人设下的陷阱，极其容易蒙混过关，掩人耳目。

"第一种怪人，就是我现在身上穿的盔甲。人在盔甲里边，可以自由活动。爬行、奔跑、攀登，都行。可行动起来，速度不快。走起路来，与机器人相同。

"第二种怪人，就是上次爬到烟囱上后来被水喷射的那种。其肚子里安装了机械装置。即便用枪射击，也无济于事。这种怪人，出现在对手不能靠近的场合。一旦被枪击中，不受丝毫影响。不过，这种怪人是假怪人，不可以自由行动。但是，其与真怪人在夜间轮流出现，时而被真怪人带到这里，时而被真怪人带到那里。上次先出现在烟囱顶上的那个，是真怪人。后来，被迅速替换成假怪人。为什么要替换成假的呢？当时，真怪人要逃跑的地方也只有烟囱顶上。于是，他把假怪人悬挂在烟囱上，让假怪人稳坐在烟囱顶上。然后，他从口袋里掏出备用的绳梯，挂在烟囱沿口上，再顺着绳梯在烟囱内侧往下爬。在来到烟囱外侧之前，他迅速脱去怪人盔甲。趁烟囱脚下人群混乱之际，溜之大吉。不用说，绳梯和盔甲被装在挎包里带走了。故而在现场，没有留下任何证据。

"第三种怪人，就是你们刚才看到的充气橡胶青铜怪人。这种橡胶青铜怪人可以像烟雾一样，瞬间消失。前些日在手渚先生家的浴室、储藏室，以及昨晚在手渚先生卧室里出现的青铜怪人，都是橡胶怪人。

"手渚先生的家里，到处都藏有连着气泵的针头。只要拔出充气针头，橡胶人便在黑暗的场所猛地站立起来。手渚先生家的气泵上，装有消音器。充气时，不会发出任何声响。

"无论谁，一看到黑暗中突然出现这种怪物，便会仓皇逃窜。真怪人趁这一瞬间，随即拔掉进气孔的金属塞子，气体很快排出。橡胶人失去气体的支撑，即刻倒在地上。

"人们先是争先恐后出逃，然后再一起返回。这一段时间，使橡胶怪人迅速变成小不点固体，不会引起人们的注意。当返回的人们再寻找庞然大物时，已经什么也没有了。所谓青铜怪人腾云驾雾之类，其实是这种最简单不过的原理。

"还有那个发出咕噜咕噜声响的发条机械，只有小台式闹钟那么大。不管放在哪里，都能隐藏。只要上足发条，就会发出那讨厌的齿轮转动声音。

"缩小成为扁扁的橡胶怪人，可以折叠成手帕那么小，藏在哪儿都行。在浴室里，可塞在桶里隐蔽起来，在储藏室里，可以放在抽屉里。在储藏室里的那一回，真怪人趁砸坏灯泡而一片漆黑的时候，拔掉进气孔上的金属塞子，将干瘪的橡胶怪人藏在有衣物的大箱子底下。

　　"那天晚上，虽然大家在储藏室里翻箱倒柜认真搜寻，可大家的统一目标是寻找青铜怪人那样的庞然大物。大家的注意力，绝不会放在那个如同手帕大小，被折叠得扁扁的橡胶上。而当时，它已经被真怪人藏在箱子底下。可见昨天晚上手渚先生卧室里的那个橡胶青铜怪人，气体被排放后，不是被藏在床底下，就是被藏在床单下……"

　　"明智，请稍停一下！怪人在大街小巷东奔西窜，时隐时现。你刚才不是说了吗？橡胶人是不会走路的。"

　　中村警部打断明智大侦探的话，疑惑不解地问道。

　　"噢，那又是怪人设下的另一种陷阱。怪人

充分利用道路上的下水道出入口。你难道不知道吗？道路上不是有许多下水道出入口吗？每个出入口上面，都有铁盖。怪人的这一设想，超出常人的一般想象，耐人寻味。下水道出入口，每条街上都有。无论谁，都会在下水道出入口的铁盖上经过。

"可是，当被人问及下水道出入口在哪里的时候，似乎都一时想不起来。例如学校教学楼里，有每天上学放学经过的楼梯。当被问及究竟有多少级台阶时，也许谁都说不准确。

"也就是说，青铜怪人巧妙地钻了人们的空子。他在偷盗逃跑的必经之路上，将其中经过的下水道出入口盖事先虚掩着，当然是一些小路。怪人盗走银座白宝堂的钟表后，在轻轨高架下突然消失了。

"为这起案件，我专门在轻轨周围一带进行了详细调查。发现轻轨高架下的那个下水道出入盖，有松动的痕迹。怪人移开铁盖钻入下水道，再盖上。而后，躲在里边一声不吭。待追捕的人们走远了，再钻出下水道逃之夭夭。

"我问过小林，他是怎么被怪人绑架到这里的。他说，当时怪人被包围在烟囱顶上的时候，烟囱周围一片喧哗，人山人海。忽然，从他背后飞来一个网罩之类的东西。顷刻间，他感觉仿佛被人拽到了地底下。

"我按小林说的现场，调查了一番。果然，那儿有下水道出入口的铁盖。不用说，小林当时不仅嘴巴被捂住，而且整个身体被摁在了下水道里。"

"哼，怪人的手段果真厉害！"

中村警部双手抱在胸前，苦苦沉思。像自己这么一个堂堂的警部，竟然被雕虫小技给蒙住了眼，太惭愧了！

"再把话说回来，怪人在制作这些面具上，确实也动了一番脑筋。他做了许多青铜怪人外衣，款式多种多样。例如青铜色怪人盔甲，青铜色橡胶人等……"

中村警部一脸的尴尬，明智却若无其事地

说道："真怪人有自己的地下工厂。这工厂的所在地，我也已经找到了。他精心策划了两年多时间，目的就是为了实施盗窃计划。"

真面目

"手渚先生。"

这时候，明智大侦探把脸转向手渚先生，语气十分强硬。

"青铜怪人的秘密，已经暴露在光天化日之下。你还有什么话要说？快撕下你的假面具吧！"

"什么，你说撕下我的假面具？"

手渚先生把昌一和雪子搂在自己的怀里，惊讶地望着明智大侦探的脸。

"青铜怪人就是你！"

"什么？我是青铜怪人？哈哈哈……你可真会

开玩笑！我的一对儿女遭人绑架，我自己也被强行绑架到这里。现在，我身上还被五花大绑着。我怎么会是青铜怪人呢？哼，你胡说八道，信口雌黄，诬赖好人……"

"要说五花大绑，那是你自己上演的'苦肉计'！昨天晚上，是你制造被怪人绑架的假象。你说你上厕所，却穿着睡衣从走廊到院子里，然后钻入枯井，一直躲在这里。这就是你手渚先生下落不明的经过。

"其实，手渚先生的如意算盘，是利用这个机会导演青铜怪人的最后一幕。一旦成功，手渚先生将改头换面，以另外一种形式登场。也就是说，从今往后，手渚先生也好，青铜怪人也好，永远销声匿迹，不会再度出现在这个世界上。手渚先生，你想得太美了！不过，这也太天真了！

"那天晚上，你一定感到大吃一惊吧！当你窥视井底的时候，发现井底居然没有一滴水。平日里你沿着绳梯爬到途中的时候，只要按动隐蔽在井壁缝里的电源开关，井底的水就会自动排到隔壁蓄水池里。可当时，你没有按电源开关，因为井底干涸了。

"发现这一情况后，你惊慌失措，急急忙忙沿着绳梯爬到中途按开关。可不知是抽水机发生故障，还是其他什么原因，根本没有水流。你赶紧检查抽水机马达，才发现电线断了。你焦急起来，不知所措。

"也就在这个时候，天也开始慢慢亮了起来。你想到那个魔术师，可不知他上哪里去了，连人影都没有见着。你无意中听到我们在井外讲话，便赶紧爬到井底收起绳梯，迅速逃往地下室。

"你被捕的前后经过，大概就是这样的吧？你的运气还真不错，不然，我们就可以当场把你抓住。可你脸皮真厚，继续自作聪明，企图蒙混过关。你急中生智，把自己给绑起来，还躺在地上装疯卖傻，以制造你被青铜怪人绑架到这里来的假象。

"手渚，我告诉你，那电线不是老化而断的，而是人为弄断的！要抓获你，你肯定会爬到井里躲起来。而井里有水，会给我们的追捕工作带来相当大的麻烦。于是，我切断电线，让马达瘫痪，永远转不起来。

"你经常出没于这无人知晓的枯井，不是受青铜怪人的指使，而是自编自导自演。怎么样？我已经把事情的原委说了一通，你应该够清楚了吧！还有什么不明白的地方吗？"

手渚先生岂肯罢休，探出红到脖子的脸继续为自己狡辩。

"那昌一和雪子是怎么回事？你说给大家听听呀！难道我是那种虐待自己子女的父亲吗？"

"这对兄妹，根本就不是你的孩子！"

明智大侦探一针见血，拆穿手渚先生的伪装。

"什，什么？他俩不是我的孩子？"

"真正的手渚先生在二战时，被迫从军上了前线。战败后，他从来没有回过家。可以说，他在战场上早已下落不明。手渚夫人望眼欲穿，最终没能盼来手渚先生。由于没有接到丈夫战死和回家的消息，加上过度操心和担忧而不慎患病，她长期卧床不起。

"后来，她连话也不会说了。就在这时候，你得知了这一消息，便化装成国外归来的手渚，回到妻子身边。

"当时，手渚夫人已经不省人事，也无法辨别你的真伪。这两个孩子，一个十三岁，一个八岁。当年与父亲分别的时候，根本记不住父亲的模样。再说你是当今日本首屈一指的化装大师，可以把自己化装成各种模样。所以，你把目标对准了手渚这一家子。更可恶的是，你还把整个东京搅得鸡犬不宁。"

"你真会信口开河！难道我只为了这只夜光怀表，要如此煞费苦心吗?！"

"当然，你的目的不在这里。虽说你曾经把整个东京城搅得人心惶惶，可你的真正目的是想打败明智小五郎，让他在日本侦探界无立足之地，让大家斥责明智小五郎无能。为什么你对我怀有如此深仇大恨？你非常清楚，因为我是你偷盗路上的最大障碍！"

"你在说什么呀？我对你有仇恨？"

"是的。从奥多摩钟乳洞那次相遇开始，虽已经过去好几年了，可当时你被我送进监狱服刑。一年时间还没有到，你就越狱了。你一直逍遥法外，过着隐居生活。打那以后，你好像安分了一阵子。可眼下战争结束了，你又开始兴风作浪，为非作歹，唯恐天下不乱！"

"你说了那么多，可我怎么一点也没有听懂。"

"哈哈哈……别装蒜了！不管你怎么化装，也不管你在哪里作案。只要是在日本土地上，你就别想蒙骗我的眼睛！你是谁？你我心里都非常清楚。你就是警方通缉的在逃犯怪盗二十面相！"

明智大侦探举起右手指着"假手渚"的脸。原来，装出一副可怜相的手渚先生，却是多年前轰动一时的那个可恶的怪盗二十面相！

"中村，我一直没有对你说，这二十面相，不仅对我，而且对警方也是一个不可饶恕的大祸根。"

明白了！一切都明白了！原来，青铜怪人是二十面相化装的。这个被传得神乎其神的怪物，终于露出真面目。

不用说，中村警部和另一名警员都熟知怪盗二十面相。一听明智大侦探提起这可恶的名称，恍然大悟。怪盗二十面相不难干出这种令常人难以想象的案件。与他化装成青铜怪人盗窃宝物的习惯性做法，完全对得上号。

正当中村警部与警员准备扑向二十面相实施逮捕的时候，动作灵敏的二十面相，把昌一和雪子一边一个夹在左右胳肢窝里，拼命逃窜。

佛像陈列分馆里，矗立着众多佛像。可二十面相却似泥鳅一般游来游去。当他窜到陈列室左边角落的时候，用两只脚抵住两个小孩的胸膛，手伸入石墙间隙迅速取出圆柱形的东西，高高举在头顶上。

"哈哈哈……明智，你还是迟了一步！实话告诉你吧，你们休想抓到我！这石墙间隙里，我准备了大量这类东西。来吧，再走近一步试试看！这手榴弹可以把地下室炸得粉碎。"

他是怎么偷来的手榴弹？那圆柱形东西，竟是炸药！呵，太危险了！二十面相如果被逼急了，房间里所有的人都会瞬间化为灰烬。

只见明智小五郎叉开两腿拦在二十面相前面，猛地一阵狂笑，宽大的肩膀不停地摇晃……

二十面相吃惊地望着明智小五郎那般奇怪的模样。

"啊哈哈哈……你以为那东西会爆炸吗？嘿！不妨再仔细检查一下，那里面的火药和导火线，早就让我去掉了！"

小怪人突变

二十面相大吃一惊，不由自主地放下那只高高举过头顶的右手。

"喂，二十面相，大侦探明智的习惯做法你大概忘记了吧？我一直是把对方枪膛里的子弹全部卸下后，再与对方进行手枪较量的。哈哈哈……即便对方有手榴弹，我也是使用这个办法。这叫先下手为强！实话实说，我是昨天刚发现的。你那些手榴弹，已经全部变成了空壳。不信？那你就试试吧！"

二十面相低下头，细细检查了一遍手榴弹。果然像明智大侦探说的那样，他顿时像泄了气的皮球，把手榴弹全扔到了地上。

"哼，明智，你果然出手不凡，真精彩呀！不过你的手法还是没有新的突破，与以往差不多。可我的手法要比你进步了许多，高出你一筹。我手里还捏着可怕的东西，你大概不知道吧？"

二十面相眼睛里闪出狡黠的目光，阴险地笑道。

"请打个比方吧！"

明智大侦探微笑着说，他根本不把二十面相放在眼里。

"比方说这两个可爱的孩子吧！如果你们要抓我，这两个小孩也就没命了。虽然我讨厌杀人，至今也没有杀过人或者伤人。当然喽，这也是最值得我引以为傲的地方。可这一次算是例外！如果你把我逼急了，我就……当然，我也喜欢公平交易，或许这两个孩子能帮我脱身。"

二十面相面目狰狞，恶狠狠地说。接着，他又在脚上狠狠使了一把劲，死死抵住两只"笼中鸟"。

这一切，并没有使明智大侦探惊慌失措，他脸上依然十分平静，面带笑容。那表情似乎在说，你手里握有王牌，我手里也同样握有王牌。

"二十面相，你真可怜！这一次你我之间的较量，不管怎么说，是以我的获胜而告终。"

"什么，你说什么？"

"瞧，你又结结巴巴，心慌意乱的！是呵，正如你嘴上说的那样，你输了！我身后站着的小怪人，你以为是谁？你强行让他穿上盔甲的时候，那盔甲里确实是我的助手小林芳雄。即便现在，小林可能还在盔甲里吧？说不定和其他孩子调换了吧？哈哈哈……你怎么脸色又变了呢？大概察觉到了吧？我想，你还是重新看一下吧！"

明智大侦探从口袋里取出原先在魔术师口袋里的钥匙，走到身后小怪人跟前，打开锁卸下头盔。

头盔下出现的，是一个少年的脸。大家的目光不约而同地射向少年。

"咦？"

二十面相与中村警部一见到那张脸后，禁不住嚷了起来。

原来这是一张与小林长得完全两样，沾满污垢的脸。乱蓬蓬的头发，很长。脸上沾满油腻，黑不溜秋的。不过，一对眼睛倒长得炯炯有神。此刻，他露出吃惊的目光。

"哈哈哈……不管小林化装得多么逼真，也不可能像妖怪那样，脸变得如此神速。喂，听好了，你是谁？报一下自己的姓名。"

被明智大侦探一说，脸上脏兮兮的少年笑了，既不行礼，也不说客套话，张开嘴直嚷嚷。

"是说我吗？我是少年侦探团流浪儿别动队的副队长。大家别客气，叫我阿松就行了。嘿嘿嘿……二十面相这家伙，好像在哭鼻子呢！我是根据明智先生的命令，扮演小林团长的替身，穿着怪人的盔甲。对不起啦，让你上当受骗了！你们瞧二十面相，简直像一个丑八怪！"

为征服青铜怪人，小林被派到上野公园指挥流浪儿别动队。这支别动队为警方的破案起了不可低估的作用。

明智大侦探见二十面相一副哭丧的脸，便把开头盔的钥匙扔到二十面相跟前。

"怎么样？二十面相，被你抓住的那两个孩子，也有可能不是你想象的那两个。我这里的小青铜怪人，如果不是小林，那你身边的两个小青铜怪人，也有可能不是昌一和雪子。喂，快把钥匙拾起来，打开头盔核实一下！"

二十面相弯腰拾起钥匙，用颤抖的右手将钥匙插入锁孔。钥匙转来转去，转了好一阵子才打开锁。两个小青铜怪人的头盔，终于被二十面相卸了下来。

果然，正如明智大侦探说的那样，根本不是昌一和雪子，而是两个流浪儿。

"啊哈哈哈哈哈哈哈哈……"

两个套上青铜怪人盔甲的流浪儿，早等得不耐烦了。一边做鬼脸，一边双手抱在胸前，咧开嘴巴狂笑。

这一回，二十面相惊呆了，没有想到这些流浪儿也在配合警方戏弄自己。他呆若木鸡地站在那里，似乎已经忘记了自己处在警方与明智大侦探的包围之中。

最后王牌

　　事到如今，二十面相是否已经手足无措，就此束手就擒？不，还早着呢！二十面相不可能马上弃恶从善！他手里，还握有可怕的"撒手锏"。

　　二十面相眼睛里的血在涌动，一副穷凶极恶的模样。他贼溜溜地东张西望，企图突围。这时候，三个流浪儿大叫一声，朝二十面相扑去。二十面相见状，敏捷地闪开。

　　二十面向敏捷躲开的速度，宛如一股势不可挡的旋风。他猛地推开紧缠着自己的流浪儿，犹如老鼠一般在佛像之间穿行。

怎么回事？眼前的突然变化，明智大侦探脸上露出吃惊的神色。

虽然明智掌握了二十面相的大部分秘密，毕竟还有疏漏。对于大侦探明智来说，这是罕见的失策，也是最大的一次失策。

在佛像间穿行的二十面相，行走如飞，快如闪电。大大小小的佛像，犹如没有一丝风的密林，静悄悄地矗立在那里。

"明智，那家伙又消失了。就连假手渚那身侠客打扮，也消失得无影无踪。"

中村警部在佛像堆里找来找去，心急如焚。

假青铜怪人是橡胶人，已经不可能再度出现。可真青铜怪人的二十面相，不是橡胶青铜怪人，不可能消失。

"搜佛像！佛像里有机关。他肯定藏在某尊佛像里！怪我没有事先拆除佛像里的机关！"

明智大侦探十分遗憾，自言自语。这么多的佛像，必须一个个核实。

二十面相肯定藏在某尊佛像里，冒充佛像站在那里。三个流浪儿也模仿起明智大侦探查找的模样，按照顺序挨个查找。

"快来，他在这里！"

明智大侦探终于找到了！那尊佛像比大人个头高，背后还有一扇隐蔽门，靠肉眼根本分辨不清。但如果用手关节轻轻叩击，就可以根据声音辨别。

明智大侦探煞费苦心，好不容易找到佛像背后的那扇门。他小心翼翼，但动作干净利落。门被打开了。

明智大侦探认定二十面相躲在里面，开门时特别仔细。可打开一看，佛像里空空荡荡，黑乎乎的，连人影也没有见着。

明智大侦探急忙从衣袋里取出手电筒，仔细搜寻佛像里每一个可能藏人的角落。

"不好，这下面有一个洞穴，有一条秘密暗道。看来二十面相已经逃走了？中村，快跟我下去！喂，那个警员，你赶快带上三个孩子立即赶到枯井那里。这洞口暗道，多半是通到枯井那里！"

佛像座下的暗道，竖有一架坡度很陡的长梯，宽度只能允许一个人通过。明智大侦探晃动手电筒灯光，沿着扶梯向下爬去。中村警部紧随其后。

扶梯尽头，是一个急转弯的隧道，非常狭窄。隧道那高度，总算还能站着走路。明智大侦探与中村警部留神望着地面，尽可能加快速度。

如果隧道里有三岔路口，可就麻烦了。幸亏这条隧道一直向前伸展。

走了一会儿，明智大侦探停住脚步。

"喂，这是什么？"

隧道墙上，有一个洞穴。洞穴里，放着一堆乱七八糟的衣服。明智大侦探把那堆衣服拿在手里，翻开一看。

"不好，这是假手渚刚才穿的睡衣！衣服上还留有身体余温。"

二十面相事先在这里放有其他化装的衣服。刚才，他逃到这里替换上其他衣服后，又以另外一种打扮逃走了。"

"呵，这家伙真够狡猾的！他装扮成什么模样的人逃走了呢？"

"那还用说，一定又是采用过去那一套。不过，无论他怎么变换打扮，我都能识破。"

明智大侦探说完，弯下腰快速奔跑起来。

跑了一会儿，他又发现一个边长大约六十厘米的正方形洞穴。这是隧道出口。

"哦，我明白了。这秘密出口，平时伪装成石墙，看不出任何破绽。二十面相慌忙之中取下秘密出口的石块后，没有恢复原来模样就仓皇逃走了。这条暗道，距离枯井最近！"

他俩刚爬到暗道最外面的出口，猛然发现洞外有许多眼睛正在窥视自己。

"警员叔叔，快来，快来呀！那家伙就要爬到洞口了哟！"

这声音好熟悉呀！对了，是流浪儿别动队副队长阿松的声音。

"我俩不是什么坏蛋，是明智和中村！这里距离枯井不远吧？"

听到明智大侦探的说话声音，那警员才放下心来。

"是的。就在枯井旁边。二十面相不是在洞里吗？"

"是的。你们有没有碰上？"

"嗯，没有碰上。看来又被他逃走了。我们刚才搜索到枯井那里，原先下到井底时用的绳梯不见了。那家伙可能害怕我们追他，把绳梯也给带走了。没有绳梯，我们无法爬出这高高的洞穴。"

明智大侦探和中村警部爬出洞穴，站在那个警员与三个流浪儿别动队队员的旁边。

"明智，有没有替代绳梯的东西？"

"这倒没有。我不可能带两条绳梯来。来！快把对面的门砸坏，用它制作梯子。有二三十分钟时间，梯子就可以成功了。"

"明智，二三十分钟的时间是不是太长了？那家伙可能逃得很远很远。加上他得心应手的化装术，要抓住他岂不比上天还难！唉，在最关键的时刻，我们被他戏弄了，眼睁睁地看着他溜走。"

中村警部瞥了漫不经心的明智一眼，满腹牢骚。

"中村，不必担心！我不会着急，因为我手里还有王牌呢！"

"什么，你还留有一手？"

"是的。二十面相留有一手，我当然也留有一手。留在这里的阿松，取代小林。而小林呢，你知道他现在在哪里吗？不知道吧？我事先估计到，最后可能会出现眼下的局面。

"今天早晨，我就嘱咐小林，让他带领少年侦探团流浪儿别动队的全体队员，监视枯井周围的动静。三个队员在这里，还有十三个队员留在枯井周围的树林里。

"上次烟囱事件，就是因为神出鬼没的流浪儿别动队，发挥了大人无法起到的作用。要不是他们在青铜怪人背后穷追不舍，那家伙怎么会爬到烟囱顶上呢？

"小林是我的得力助手，无论二十面相化装成什么模样，也逃不出小林的火眼金睛。"

"噢，原来是这么回事！你怎么不早说呢？对手可是个亡命之徒，那些孩子能对付得了吗？"

"别说了！快做简易梯子！好在二十面相的魔

术师还在我们手里，只需审问一下就可以掌握二十面相的全部情况。"

还没用上二十分钟时间，梯子做好了，他们连同那个被关押的魔术师，一行七人顺利到达了地面。

小林落难

　　枯井周围，是手渚家的大片树林。在冬日阳光的照射下，树林里还是没有一丝风，也没有一丝光线。可枯井周围的灌木丛里，隐隐约约有东西在缓缓蠕动。看似小动物，但又不像。确切地说，更像一个个衣衫褴褛的少年，他们探头探脑地注视着枯井。

　　就在这时，树林中央的枯井里冒出一个脑袋。很快，那家伙上半身显露出来。呵！原来是明智小五郎。他跨出枯井来到外面，扫视一下四周。然后，他迅速收起绳梯，折叠后放在手提袋里。那是一只形状很怪的手提袋，好像是牛皮的。明智大侦探的手提袋，谁都不曾见过。到底是怎么回事？

一看到明智先生出现，大树背后蹦出一个身穿破衣的少年。脸蛋酷似苹果，十分可爱。他悄悄上前轻声说："先生，顺利吧？"

"哦，是小林？"

明智大侦探不知何故，吃惊地停住脚步。片刻，他又笑了。

"嗯，非常顺利。罪犯已经被中村警部抓住，正关在枯井下边的地下室里。我知道那罪犯还有一个窝点，现在就到那里去，你也一起去吧！"

虽然明智大侦探的话听上去有点奇怪，可小林没有觉得有什么可疑，就跟在后边走了。

提着那只牛皮手提袋的明智大侦探，带着小林沿着宽敞的院子朝正屋走去。就在这时候，草丛里出现了犹如蛇之类的东西，匍匐着朝正屋前进，大约有十个，在蠕动。

这些爬行的少年，原来是流浪儿别动队的队员。他们跟踪在明智大侦探和小林团长的身后，不知何故。

明智大侦探带着小林径直朝正屋走去。家里人正在交头接耳，议论二十面相已经被抓住的事情。正门前面，停着警车。他俩一前一后，朝停靠在路边的警车那儿走去。

警视厅驾驶员对明智大侦探也是十分崇拜。一看见他走过来，便又是行礼又是微笑。

"喂，罪犯被逮捕了！等一会儿，中村警部会告诉你的。为了把他的同伙一网打尽，我想借用一下你的警车。"

驾驶员见明智大侦探为捕获罪犯借车，二话没说就爽快地答应了。明智大侦探坐到副驾驶席上，关上车门。忽然，他似乎又想起了什么，赶紧喊驾驶员下车。

"哦，真对不起！我差点忘了一件事情。会客室桌上，有一只四四方方的牛皮纸包，你去把它拿来给我。就是那只用细绳呈十字形捆扎的那个，一看就知道。"

"噢，我去拿来！"

驾驶员迅速离开车，朝正门里边跑去。明智大侦探见驾驶员进入屋子里，突然从副驾驶席跨到驾驶席，握住方向盘后踩上油门，驾车飞驰。

　　小林似乎吃了一惊，也许看惯了明智大侦探的这些习惯动作，也就没有产生什么怀疑。

　　坐在驾驶席上的明智大侦探，举止和态度都很奇怪。比起这，更奇怪的当数汽车顶上。

　　那些刚才尾随追踪的流浪儿别动队成员，也不知什么时候都爬到了大巴士警车顶上。

　　这些队员犹如车顶上的花篮。警车载着十几个花篮风驰电掣般地疾驶在公路上。这些队员平日里最擅长的就是爬树、爬墙。眼下，他们犹如吸盘，牢牢地黏在车顶上。无论车怎么晃动，他们仍然稳稳地趴在上面。

　　车在大街上飞驰。明智大侦探驾驶的大巴士警车穿过芝公园，驶入京桥，越过永代桥，在紧靠隅田川一个偏僻的地方停了下来。

　　河边还留有烧毁痕迹的房屋，东一个西一个的。正中央有一座塔一般的五层建筑物，钢筋混凝土结构。外墙是彩色砖面，楼房里空空荡荡，十分凄凉。

明智大侦探走下车，拉着小林的手朝那幢楼房里走去。这时，车顶上的别动队员溜下车，敏捷地跟在后边。随着虚掩着的那扇大门，一个个消失了。

明智大侦探拉着小林的手，沿着狭窄的楼梯朝五楼走去。一进入五楼的房间，他便在房门内侧落上防盗锁，这房间里，除一张桌子和三把椅子外，再也没有什么其他家具了。

明智大侦探突然使劲握住小林的手，却没有请他坐到椅子上，而是不怀好意地笑着问道。

"小林，你知道我是谁吗？"

对于明智大侦探的这一提问，小林丝毫没有感到意外。

"你是二十面相。"

他脱口而出。

"呵呵，你察觉到了？遗憾的是你知道得太迟了！再过一会儿，你就会觉得浑身难过，很不自在。"

小林的手被握得疼痛难忍。突然，二十面相从那个包里取出细绳，把小林的手脚给绑了起来，嘴里塞了一块手巾。

小林似乎在思考什么，没有反抗，任凭二十面相摆布。

二十面相将他五花大绑后，塞入空空荡荡的壁橱里，然后关上房门。他打开与隔壁房间连着的一扇房门，走了进去。

片刻后，传来二十面相说话的声音。好像在与什么人通电话。只隔着一扇房门，小林听得清清楚楚。

"嗯，我马上要离开东京！立即给我准备快艇，马上开到这里来……对了，别忘了把汽油灌满！我暂时还没有决定到哪个地方……好好，我明白了。"

二十面相挂断电话，返回到壁橱前边说话了。

"小林，我马上拍电报去。今天晚上，那个真明智可能会来救你。就请再忍耐一下。我现在外

175

出，还有许多事要办。有许多朋友还要与我惜别！
还有，那辆非常显眼的警车，不能就这样停在这
里，必须处理掉！好了，就这样吧，再见！"

说完，他离开房间到外边去了。不用说，他又
在门外侧上了锁。

二十面相刚下楼，不知躲在哪里的一个流浪
儿，出现在走廊里。他从破衣袋里取出钢丝一般的
东西，插入门上的锁孔，轻轻转了几下，门开了。
流浪儿最擅长开锁。他进入房间里，打开壁橱门，
替小林松绑，取出塞在小林嘴里的手巾。

"快，快把我绑起来！我代替小林团长关在这
里，你快去指挥大家。那家伙马上就要返回来了，
快！快把我绑起来！"

小林感激地点点头，一边夸奖他，一边把他给
绑了起来，然后关上壁橱门。

真假明智

　　四十分钟后，化装成明智大侦探的二十面相好像在哪里喝了酒，酩酊大醉地返回五楼房间。他一走进房间里，立即打开没有光线的壁橱门核实了一番，见小林脸朝里横卧在壁橱里，放心了。可二十面相万万没有想到，真小林已经金蝉脱壳。

　　"呵呵呵……佩服佩服，请再忍耐一下！还是像现在一样，不要乱动！不过，我有事要跟你说，也请你转达一下这番话好吗？这一回，我承认败给了明智，承认被他打得一败涂地。但是，我虽败犹荣。因为他最终还是没有抓住我。再过一会儿，我就要坐上快艇告别东京了。总有一天，我还要回来与你的明智先生一比高低。好吗？就这番话，别忘了向他转达哟！"

二十面相刚说完这番话，不知从哪里传来奇怪的声音。声音，不是来自壁橱里。二十面相警觉起来，他转过身朝声音传出的方向望去。

与隔壁连接的那扇房门，慢悠悠地开了。不像被风吹的，好像被人推开的。

"谁？谁在外边的房间里？"

二十面相大声嚷道。可门缝仍在徐徐扩大。当门完全被打开的时候，走进一个与二十面相一模一样的男子。奇怪！房间里同时出现了两个大侦探明智小五郎。那个走进来的明智小五郎，满脸微笑，轻松地停住脚步。

"不必转达了，我已经来了。但'二十面相绝不会被抓住'这句话，我衷心希望你妥善地纠正一下。告诉你，我就是为了抓获你才来这里的。"

二十面相面对突如其来的变化，脸涨得通红。

"喂，你怎么知道这里的？"

"实话告诉你，我是接到少年侦探团流浪儿别动队的报告，赶到这里的。你忘记了？小林既是少年侦探团的团长，又是流浪儿别动队的队长。被你关在壁橱里的，不是小林队长，而是另一个别动队的成员。真小林早已离开壁橱，正在指挥他的队员呢！"

　　明智大侦探闪开身体，其背后蹦出苹果脸蛋的小林。也不知什么时候，他已经换上崭新的学生服。这时候，真假明智小五郎之间的距离仅一米左右。化装成明智大侦探的二十面相，与真明智小五郎站在一起，简直难分真假。太像了！简直如同一对孪生兄弟。

　　两个人面对面对视着，足足三分钟时间笔直地站在原地。二十面相的脸上、额头上，开始渗出密密麻麻的汗珠。紧接着，他头顶上也开始冒汗，全身汗流浃背。

　　"你打算怎么样？"

　　二十面相摆出决斗架势。

　　"你已经被捕了。我现在不是一个人。整幢建筑物都已经被警员包围了，你插翅难飞！"

"哼，你那么相信警员？"

"那当然喽。"

"我逃给你看！我就这样逃，你又能怎样？"

二十面相犹如天上的鸟一般飞出门外，以迅雷不及掩耳的速度一直飞到楼梯口。可楼梯下面，已被中村警部为首的警员们挡住了。要想从这里突围，是不可能的。

二十面相转身朝相反方向跑去。昏暗的走廊尽头，有一个直立的铁梯。突然，他沿着铁梯迅速向上攀登。五楼顶上，有露天阳台。走廊尽头的铁梯直接通向屋顶。

这是一幢孤零零的楼，周围没有建筑物。来到五楼顶上，没有其他路可走，等于死路一条。那么，二十面相逃到五楼，究竟是什么企图？

明智大侦探和中村警部紧追不舍，沿着铁梯朝屋顶攀去。就在这时，铁梯顶端的盖板把通向露台的出入口给堵住了。他俩使出全身力气用肩膀顶，可盖板一动不动。突然，建筑物外边传来哇的叫喊声。外面出什么事了？

末日来临

　　逃到屋顶露台上的二十面相，从随身携带的牛皮手提袋里取出黑色的细绳。这与上次在攀烟囱时使用的细绳一样，很长。他抓住屋顶露台上的扶手，朝地面俯视。从五楼屋顶到地面，约二十米的高度。这幢楼的边上，有一条通往河岸的道路。但是，这条路已经被数名警员和别动队队员们堵住了。

　　二十面相跨出屋顶露台扶手站在屋檐边，将细绳往下扔。可细绳长度只能到达二楼，与地面还有一定距离。无可奈何，他抓住细绳梯开始往下爬。不知他到底想干什么？

建筑物前面是道路，背后是隅田川河边。现在，二十面相的目标是建筑物侧面。侧面没有窗户，细绳梯不会在中途被挂断。

站在地面的人们，都以为二十面相在表演空中杂技。二十面相的脚下，人头济济，喊声震天。熙熙攘攘的人群，在他的眼睛里只不过像玩具一般大小。

他一步步朝下爬。天空刮起了大风，绳梯随风摇晃起来。眼看二十面相就要坠落，倘若松手，他必定粉身碎骨。这简直是玩命的空中杂技表演！就在二十面相爬到绳梯末端，爬到二楼的时候，地面出现了中村警部和明智大侦探。绳梯末端与地面的距离仅七八米。二十面相下不到地面，而明智大侦探与中村警部也抓不住他。

绳梯在晃动，二十面相犹如树枝上的蜘蛛在风中晃动，随时有掉落的危险。

猛然间，蜘蛛丝一般的绳梯剧烈摇晃起来。不仅是风吹的缘故，二十面相好像在荡秋千似的，大幅度晃动着绳梯。

片刻后，不可思议的秋千像钟摆，规则性地晃动起来，忽左忽右，晃动的幅度越来越大，远远超过建筑物的宽度。

就在这时，地面上的人们终于恍然大悟，察觉到二十面相的真实意图。他尽可能大幅度地摇晃，待时机成熟时，松开手跳入隅田川河里。

正在人们醒悟的一刹那，河中心驶来一艘快艇，似乎在等待什么人。啊，不好！快艇肯定是接应二十面相的。

大家猛地朝河上游跑去。小林被关在壁橱时，曾偷听到二十面相与他人通电话的内容。当时，二十面相在电话里命令对方准备快艇。小林被换出壁橱后，把这一情况报告了警方。警方也早已准备了快艇，埋伏在河面上伺机行动。大家三步并作两步，朝对方快艇即将停靠的岸边跑去。

说时迟那时快，人们意料之中的事情发生了！二十面相朝河上游方向猛地摇晃过去，松开攥住绳梯的双手，身体犹如射出枪膛的子弹，飞向河上游的空中。等候在那里的快艇迅速驶近二十面相落水的地方，救起二十面相，箭一般地朝东京湾方向驰去。白浪飞溅，轰鸣的发动机声音震耳欲聋。

这时候，警方驾驶的大型快艇也立刻发动引擎，载上明智大侦探、中村警部、小林和别动队的五名队员，加足马力追了上去。

两艘快艇之间的距离，仅前后相隔一百米左右。你追我赶，仿佛在比赛场进行水上竞技表演。

迎接二十面相的那艘快艇，犹如气垫船向前飞驰。很快，船底几乎离开水面，仿佛在空中滑翔。螺旋桨掀起的水浪向左右均匀地分开、喷射。

两艘快艇一前一后，朝着东京湾中心飞驰。

"喂——青铜怪人！"

随着别动队队员们的喊叫声，贼艇上的青铜怪人转过身来，频频挥手。二十面相身穿令他怀念的青铜盔甲，以嘲笑正在后面追赶的警方和明智大侦探。

十分钟左右过去了，双方的引擎都提高到最快时速。一个拼命逃跑，一个全力追击。轰隆的引擎声响，犹如剧烈的爆炸声响。小快艇毕竟敌不过大快艇！大约又过去了十分钟，前面的小快艇开始放慢速度，继而摇晃起来，宛如筋疲力尽的田径运动员。可能发动机出了故障？引擎声开始减轻。

二十面相不可能乖乖受降，无论如何必须逃走。身着青铜怪人盔甲的他，眼看无路无走。他站在甲板上又是挥手又是跺脚，示意驾驶员加大马力，加速前进。

猛然间，水面上冒出冲天水柱，仿佛炸弹投入水中。紧接着，轰隆一声巨响，黑色烟雾里冒出许多红红的火舌。青铜怪人处在熊熊烈火的包围之中，没有动弹。两只凹陷、黑洞洞的眼睛，直勾勾地望着警方的快艇。

须臾，浓浓烟雾渐渐淡化，海面上明亮起来。贼艇消失了，永远不会再出现了。

这就是青铜怪人——二十面相的悲惨下场。警方快艇迅速靠近现场打捞救助。可经过一番搜寻，大家不但没有发现贼艇驾驶员，就连在大火中的二十面相的尸体也没有找着。更令人感到不可思议的是，沉重的青铜怪人盔甲也没有浮出水面。

遗憾的是，青铜怪人一案的主犯——二十面相，最终还是没有被捉拿归案。欣慰的是，青铜怪人一案的秘密，终于被彻底揭开。除主犯二十面相与贼艇驾驶员在逃外，其余同伙无一漏网，秘密工厂被连根拔除，恶魔的贼窝被一窝端，博物馆各陈列分馆的全部宝物被完璧归赵。

大侦探明智小五郎与助手小林芳雄，从此在东京城里家喻户晓。那支由流浪儿组成的"少年侦探团流浪儿别动队"也从此名声大震，一跃成为号外新闻。十六个队员肩并肩笑哈哈的合影照片，纷纷出现在电视台和报纸上，获得市民的一致好评。

少年侦探团流浪儿别动队的队员们，由于侦破青铜怪人案立功，不久在明智大侦探和警方的关怀下，有的被送到学校学习，有的被送到公司工作，走上幸福生活的道路。

在小林芳雄团长的带领下，他们时常聚集在一起，配合明智大侦探和警方继续侦破一起又一起案件。

江户川乱步年谱

1894年　出生

本名平井太郎，10月21日出生于三重县名张市，为家中长子。父平井繁男，时任名贺郡官府书记员。母平井菊。

1897年　3岁

因父亲工作调动，举家搬迁至名古屋市。

1901年　7岁

4月，进入名古屋市白川寻常小学就读。

1903年　9岁

《大阪每日新闻》连载菊池幽芳的《秘密中的秘密》，母亲每晚都会念给他听，从此对侦探故事萌生了极大兴趣。

1905年　11岁

4月，进入市立第三高等小学。协助父亲采用胶版誊写版印刷和发行少年杂志。二年级时喜欢上了押川春浪的武侠冒险小说。

1907年　13岁

4月，升入爱知县立第五初级中学。读到黑岩泪香的《岩窟王》，印象特别深刻。

1908年　14岁

其父开设平井商店，主营进口机械的贸易销售，兼营外国保险代理和煤炭销售业务，并采购全套铅字，印刷和发行《中央少年》杂志。秋天，开始在学校附近租借宿舍，独立生活。

1910年　16岁

与要好同学坐船到中国的东北地区旅行。

1912年　18岁

3月，初中毕业。因喜欢出版事业，与同学到处奔走、筹备。6月，其父开设的平井商店破产倒闭。由于失去了学费来源，没有继续上高中。随父亲坐船到朝鲜马山，从事垦荒和测量工作。8月，只身赴东京勤工俭学，以优异成绩考入早稻田大学预备班，白天上学，晚上寄宿在东京都本乡汤岛天神町的云山印刷厂，逢休息日打工。12月，迁到春日町借宿，业余时间靠誊写挣钱。

1913年 19岁

春，与祖母在东京牛込喜久井町生活，重读黑岩泪香等著名作家写的侦探小说。曾计划印刷和发行《少年新闻报》。8月，预备班毕业，考入早稻田大学经济学专业学习。

1914年 20岁

春，与同学创办《白虹》杂志，利用业余时间阅读爱伦·坡、柯南·道尔等英国作家的短篇侦探小说。为了阅读侦探小说，辗转于各大图书馆，所做的笔记装订成册，称为《奇谈》。

1915年 21岁

其父回国供职于某保险公司，在牛込与全家一起生活。继续阅读外国侦探小说，并悉心研究"暗号通讯文书"的由来、规则和特点。

1916年 22岁

8月，毕业于早稻田大学经济学专业，入职大阪府贸易商加藤洋行。

1917年 23岁

5月，从加藤洋行辞职，在伊东温泉开始阅读谷崎润一郎的作品《金色之死》，执笔撰写电影评论文章。11月，入职三重县鸟羽造船厂电机部，参与内部杂志《日和》的编辑。

1918年　24岁

4月，其父再赴朝鲜工作。与鸟羽造船厂的同事组织"鸟羽故事会"，在各剧场、小学巡回。冬，在坂手村小学结识村上隆子。

1919年　25岁

辞职到东京。2月，与两个弟弟在东京本乡驹达町经营一家旧书店"三人书房"。7月，在书店二层编辑《东京PACK》杂志。11月，开设中华面馆。同年，与村上隆子成婚。

1920年　26岁

2月，入职东京市政府社会局。10月，关闭旧书店，入职大阪时事新报社，担任记者，经常与井上胜喜谈论侦探小说，开始撰写《二钱铜币》。

1921年　27岁

3月，长子平井隆太郎诞生。4月，在东京担任日本工人俱乐部书记。

1922年　28岁

8月，辞职后回到大阪府外守口町的父亲家，与父亲一起生活。9月，《二钱铜币》《一张收据》完稿，正式向某杂志社投稿，但未被采用。不久，改投《新青年》杂志，经审定采用。12月，入职大桥律师事务所。

1923年　29岁

4月，《二钱铜币》在《新青年》刊载，小酒井不木博士长文推荐。7月，《一张收据》在《新青年》刊载，辞去大桥律师事务所工作，入职大阪每日新闻社广告部。

1924年　30岁

4月，关东大地震，全家迁回大阪。7月，在《新青年》发表《二废人》。10月，在《新青年》发表《双生儿》。11月底，离开大阪每日新闻社，成为职业作家。

1925年　31岁

1月，在《新青年》增刊发表《D坂杀人事件》，名侦探明智小五郎首次登场。到名古屋拜访小酒井不木。之后，到东京拜访森下雨村，结识《新青年》派作家。2月，在《新青年》发表《心理测验》。3月，在《新青年》发表《黑手组》。4月，在《新青年》发表《红色房间》，与春日野绿、西田政治、横沟正史等作家发起创建"侦探兴趣协会"。5月，在《新青年》发表《幽灵》。7月，在《新青年》发表《白日梦》《戒指》。8月，在《新青年》增刊发表《天花板上的散步者》。9

月，在《新青年》发表《一人两角》，在《苦乐》发表《人间椅子》；其父逝世。10月，成立"新兴大众文艺作家协会"。

1926年 32岁

发表侦探小说《噩梦塔》（直译名《幽鬼之塔》）等多篇作品。12月，在《朝日新闻》上连载《畸心人》（直译名《侏儒法师》）。

1927年 33岁

3月，停笔，与妻平井隆子开设"宿舍租借有限公司"。不久，独自外出旅行，到日本海沿岸、千叶县沿岸等地；10月，到京都、名古屋等地；11月，与小酒井不木、国枝史郎、长谷川伸和土师清二等人创建大众文艺民间合作组织"耽绮社"。

1928年 34岁

3月，出售早稻田大学附近的宿舍。4月，买下东京户塚町源兵卫一七九号的房屋。同年，发表《丑角师》（直译名《地狱丑角师》）。

1929年 35岁

1月，在《新青年》发表《噩梦》。6月，发表处女随笔《恶魔王》（直译名《恐怖的魔王》）。8月，在《讲谈俱乐部》连载《蜘蛛男》。

1930年 36岁

5月，改造社出版《孤岛之鬼》。7月，在《讲谈俱乐部》连载《魔术师》。9月，在《国王》连载《黄金假面》。10月，讲谈社出版《蜘蛛男》。

1931年 37岁

5月，平凡社出版《江户川乱步选集》13卷。同年，出版《迷重重》(直译名《钟塔的秘密》)、《暗黑星》和《邪与恶》(直译名《影男》)。

1932年 38岁

3月，停笔，带全家外出旅游，先后到过京都、奈良、近江等地。

1933年 39岁

1月，加入大槻宪二创建的"精神分析研究会"，每月出席例会，并为该会《精神分析杂志》撰稿。4月，长子平井隆太郎升入大阪府立第五初中学校。同年，好友山本直一辞去博物馆工作，担任江户川乱步的助手。12月，在《国王》连载《红蝎子》(直译名《红妖虫》)。

1934年 40岁

发表《恐吓信》(直译名《魔术师》)、《黑天使》和《不归路》(直译名《死亡十字路》)。

1935年　41岁

1月，平凡社陆续出版《江户川乱步杰作选》12卷。6月，春秋社出版《人间豹》。9月，编写《日本侦探小说杰作集》，由春秋社出版，并发表长篇评论文章。

1936年　42岁

1月，在《讲谈俱乐部》连载《绿衣人》；在《少年俱乐部》连载《怪盗二十面相》。5月，春秋社出版评论集《鬼的话》。12月，讲谈社出版《怪盗二十面相》。

1937年　43岁

1月，在《讲谈俱乐部》连载《噩梦塔》（直译名《幽鬼之塔》），在《少年俱乐部》连载《少年侦探团》。战争爆发后，政府当局对于出版物的审查越来越严格，江户川乱步的所有小说被禁止出版发行，不得不停止撰写侦探小说。为了生活，江户川乱步借用别名为少年儿童撰写探险小说。后来，当局只允许江户川乱步撰写防谍反特小说，在杂志和报纸决定连载前，必须经过外交部、内务部、警视厅和宪兵机构的联合审查，达成一致意见后方可使用江户川乱步的名字刊登。由于公开抗议，被勒令停止写作，结果只写了一部小说。

1938年　44岁

1月，在《少年俱乐部》连载《妖怪博士》。3月，讲坛社出版《少年侦探团》。4月，新潮社出版《噩梦塔》。9月，新潮社出版《江户川乱步选集》10卷。

1939年　45岁

1月，在《讲谈俱乐部》连载《暗黑星》，在《少年俱乐部》连载《蒙面人》。2月，讲谈社出版《妖怪博士》。

1940年　46岁

2月，讲谈社出版《蒙面人》。7月，因心脏不适住院治疗。10月，与同人创立"大政翼赞会"。

1941年　47岁

7月，非凡阁出版《噩梦塔》。12月，任东京池袋丸山町防空会长。

1942年　48岁

任东京池袋北町会副会长，以"小松龙之介"的笔名连载《聪明的太郎》。

1943年　49岁

与著名作家井上良夫书信往来，交流对欧美侦探小说的看法。8月，开始连载科幻小说《伟大的梦》。11月，东京大学文学部在读的长子平井隆太郎被征召入伍，为其举行送别会。

1944年　50岁

出任行政监察随员助手，后在町会领导下开设军需品加工厂生产皮革制品。

1945年　51岁

4月，家属被疏散到福岛，自己则只身留在东京池袋，继续担任町会副会长。6月，因病被疏散到福岛。8月，在病床上听到裕仁天皇宣布无条件投降，平井隆太郎从土浦飞行队退役。11月，举家迁回池袋。

1946年　52岁

6月，倡议成立"侦探小说星期六研讨会"，每月开一次例会。

1947年　53岁

6月，"侦探小说星期六研讨会"更名"侦探作家俱乐部"，被选举为第一届主席。11月，到关西等地演讲，普及和推广侦探小说。没有新作问世，但旧作再版达31部。

1949年　55岁

1月，在《少年》连载《青铜怪人》。6月，再度当选侦探作家俱乐部会长。11月，光文社出版《青铜怪人》。

1950年　56岁

1月，在《少年》连载《虎牙》。3月，在《报知新闻》连载《断崖》，为战后首部短篇侦探小说。12月，光文社出版《虎牙》。

1951年　57岁

1月，在《趣味俱乐部》连载《恐怖的三角馆》，在《少年》连载《透明怪人》。5月，岩谷书店出版评论集《幻影城》。12月，光文社出版《透明怪人》。

1952年　58岁

1月，在《少年》连载《怪盗四十面相》。3月，评论集《幻影城》荣获侦探作家俱乐部授予的"第五届优秀侦探小说勋章"。7月，辞去侦探作家俱乐部会长一职，任名誉会长。12月，光文社出版《怪盗四十面相》。

1953年　59岁

1月，在《少年》连载《宇宙怪人》。12月，光文社出版《宇宙怪人》。

1954年　60岁

1月，在《少年》连载《塔上魔术师》。10月，日本侦探作家俱乐部、东京作家俱乐部和捕物作家俱乐部联合主办"江户川乱步六十大寿庆典"，会上正式设立"江户川乱步奖"。《别册宝石》第四十二期杂志作为

"江户川乱步六十周岁纪念特刊"，《侦探俱乐部》十二月号杂志也作为"乱步花甲纪念特刊"。著名作家中岛河太郎编纂和发行《江户川乱步花甲纪念文集》。11月，映阳堂出版《江户川乱步选集》10卷。12月，光文社出版《塔上魔术师》。

1955年　61岁

1月，在《趣味俱乐部》连载《影男》，在《少年》连载《海底魔术师》，在《少年俱乐部》连载《灰色巨人》。5月，举行首届"江户川乱步奖"颁奖仪式。11月，在三重县名张市举行"江户川乱步诞生地"树碑庆贺仪式。12月，光文社出版《海底魔术师》《灰色巨人》。

1956年　62岁

1月，在《少年》上连载《魔法博士》，在《少年俱乐部》上连载《黄金豹》。1月24日，"日本翻译家研究会"成立，出任研究会顾问。2月，出任"日本文艺家协会语言表述问题专业委员会"委员。4月，发表《英文翻译侦探小说短篇集》。8月，接任《宝石》杂志主编。11月，光文社出版《马戏团里的怪人》《魔法人偶》。

1957年　63岁

1月，在《少年》连载《夜光人》，在《少年俱乐部》连载《奇面城的秘密》，在《少女俱乐部》连载《塔上魔术师》。12月，光文社出版《夜光人》《奇面城的秘密》《塔上魔术师》。

1959年　65岁

1月，在《少年》连载《假面具背后的恐怖王》。11月，桃源社出版《欺诈师与空气男》，光文社出版《假面具背后的恐怖王》。

1960年　66岁

1月，在《少年》连载《带电人M》。4月，出任东都书房《日本侦探推理小说大集成》编辑委员。

1961年　67岁

4月，成为文艺家协会名誉会员。7月，出席"江户川乱步从事侦探小说创作四十周年庆典"，桃源社出版《侦探小说四十年》。10月，桃源社出版《江户川乱步全集》18卷。11月3日，荣获日本政府颁发的"紫绶褒勋章"。

1963年　69岁

1月，"日本侦探作家俱乐部"升格为社团法人"日本推理作家协会"，被一致推选为第一届理事长。8月，再次当选，坚辞不受，亲自提名松木清张接任第二届理事长。

1965年　71岁

7月28日，突发脑出血逝世，戒名智胜院幻城乱步居士。获赠正五位勋三等瑞宝章。8月1日，在青山葬仪所举行日本推理作家协会葬，墓所位于多摩灵园。

译后记

我1981年8月考入宝钢翻译科从事翻译工作，1982年初开始从事日本文学翻译，1983年2月首次发表日本文学译作。四十余年来，我一直致力于中日民间文化交流，尤其是翻译了日本推理文学鼻祖江户川乱步的作品全集，由衷地感到欣慰和满足。

《江户川乱步全集》共46册，数百万言，历经数个寒暑才翻译完成。回首往事，第一天坐在桌案前写下第一行译文的情景仍历历在目。为了解江户川乱步的创作思想、创作背景和准确把握作品的神韵，除反复阅读其所有小说作品外，我还遍览《侦探推理文学四十年》《乱步公开的隐私》《幻影城主》《奇特的立意》和《海外侦探推理文学作家和作品》等乱步的随笔和评论集。并专程去了坐落在东京丰岛区池袋的江户川乱步故居考察，到日本国家图书馆查阅了有关江户川乱步的许多资料。

为了让更多的人了解江户川乱步，我在《新民晚报》先后发表了《江户川乱步，日本侦探推理文学的先驱》《日本的福尔摩斯》《江户川乱步的起步》《徜徉少年大侦探系列》《徜徉青年大侦探系列》，接受了腾讯视频、东方电视台、《上海翻译家报》、沪江网、日语界以及日本青森电视台、《东粤日报》、《朝日新闻》、《产经新闻》、《中日新闻》的相关采访。

鲁迅说："伟大的成绩和辛勤劳动是成正比的，有一分劳动就有一分收获。日积月累，从少到多，奇迹就可以创造出来。"我历经数年辛劳翻译的这版《江户川乱步全集》，2004年4月被乱步故里日本名张市政府收藏，2020年10月又被日本驻上海总领事馆收藏，并荣获国际亚太地区出版联合会

APPA翻译金奖，其中的"少年侦探团系列"荣获国家新闻出版总署优秀少儿图书三等奖。

江户川乱步可以说是日本推理文学的代名词，江户川乱步奖是推动日本推理文学作家辈出的巨大动力，《江户川乱步全集》是世界侦探推理文学的瑰宝。希望通过这套《江户川乱步全集》，可以让更多的读者共同享受推理文学的乐趣。

2021年元旦于上海虹桥东华美寓所

图书在版编目（CIP）数据

青铜怪人 /（日）江户川乱步著；叶荣鼎译. --济南：山
东画报出版社，2021.4

（江户川乱步全集·少年侦探团系列）

ISBN 978-7-5474-3830-5

Ⅰ.①青… Ⅱ.①江… ②叶… Ⅲ.①儿童小说 - 侦探小说 -
日本 - 现代 Ⅳ.①I313.84

中国版本图书馆CIP数据核字（2021）第040606号

QINGTONG GUAIREN

青铜怪人

〔日〕江户川乱步 著　叶荣鼎 译

责任编辑　梁培培
装帧设计　Pallaksch

出 版 人　李文波
主管单位　山东出版传媒股份有限公司
出版发行　山东画报出版社
　　　　　社　　址　济南市市中区英雄山路189号B座　邮编 250002
　　　　　电　　话　总编室（0531）82098472
　　　　　　　　　　市场部（0531）82098479　82098476（传真）
　　　　　网　　址　http://www.hbcbs.com.cn
　　　　　电子信箱　hbcb@sdpress.com.cn
印　　刷　山东新华印务有限公司
规　　格　787毫米×1092毫米　1/32
　　　　　6.75印张　100千字
版　　次　2021年4月第1版
印　　次　2021年4月第1次印刷
书　　号　ISBN 978-7-5474-3830-5
定　　价　36.00元

如有印装质量问题，请与出版社总编室联系更换。